瑞蘭國際

瑞蘭國際

瑞蘭國際

瑞蘭國際

信不信由你
一週開口說法語

全新修訂版

陳媛 著

法國里昂第三大學中文系專任教授
蘇哲安（Jon D. Solomon）審訂

繽紛外語編輯小組 總策劃

讓溝通高手小愛，帶您進入浪漫的法蘭西世界吧！

根據聯合國世界觀光組織（UNWTO）統計，全球觀光目的地當中，法國歷年居冠！法蘭西對世人的魅力，由此可見一斑。

在全球化時代，英語當然足以充當某種通用語的角色。然而孰不知，觀光客如果可以使用當地語言的話，所看到的世界，更是大大不同。尤其對法國人而言，外國遊客倘若使用本地語言——法文溝通的話，所受到的待遇保證會更加熱情、更加厚實。孔子古老的名言——「有朋自遠方來」，重點在於「朋友」的定義，而在全球化時代裡，以當地語言展現誠意的人，被對方認定為朋友的機率將會大增，不亦樂乎！

很多人看我學會了三種外語，常常會激發他們的好奇心來問，學外語的關鍵因素是什麼？對此，我首先要說，語法正確與否的價值往往被高估！那其實僅是學堂教育為了考核成績之便，所進行的無聊把戲罷了。開口講外語，不論對錯、標不標準，其實一樣都傳達著對方一定會立即明白無誤的誠意，表示遊客對當地陌生的人、事、物抱持著敬意與學習的開放心態。因此，克服內心的尷尬、鼓起勇氣、敢講敢獻醜，才是學外語的首要任務！

在學習外語的過程中，每個學子最期待遇到一位貴人朋友，指點迷津。本書作者陳媛小姐，是淡江大學法文系碩士班的高材生，更是一位能言善道的溝通高手！熟悉她的人，無論同學還是老師，均喜歡以綽號「小愛」稱呼，原因在於她深受周遭人的信任與愛戴。由深諳法蘭西的小愛當嚮導，陪伴著您漫遊法蘭西的浪漫世界，對法國人而言一定會產生友善的效果，對自己而言更是每個出外人最需要的強心劑！盡情享受法蘭西之情吧！

法國里昂第三大學中文系專任教授　Jon D. Solomon

Jon Solomon

作者序

透過《信不信由你 一週開口說法語》，體驗開口說法文所帶來的驚喜！

「Bonjour！」早晨醒來若能用法語說聲早安，彷彿是件很浪漫的事，咖啡不僅更香醇，天空也更藍了，要是再搭配著手風琴配樂當背景，簡直就像電影畫面一般，想著想著不自覺嘴角也上揚了！

當然，學習任何一種新的語言都不是件容易的事，在《信不信由你 一週開口說法語　全新修訂版》中，我以學生的角度來設計內容，讓您能簡單入手，並且用輕鬆又活潑的方式陪您一起認識法文，相信一定能夠減低您對學習陌生語言的緊張感！

不可否認，法文文法的確有點複雜，當我剛開始接觸法文時，對於字詞分陰性和陽性這一點非常不習慣，心想：「法國人真妙，字詞還分男生和女生！」雖然文法不簡單，但是也不用太緊張，本書先從最基礎的法文字母和單字開始，讓您對法文有基本的認識之後，才會更進一步地做些簡單的會話教學與練習。為了讓您不要太恐懼和中文不一樣的外語文法規則，也會配合會話內容做基本的文法介紹和延伸學習，跟著本書循序漸進的內容，一週之後真的能開口和外國人說法文唷！

其實，學習語言最重要的方法之一就是要「說」！人和人之間重在彼此能溝通，千萬不要因為擔心自己的文法是否正確，而錯失開口練習的機會喔！很多人都怯於開口說說看，真的是很可惜。對我來說，開口說法語帶來最大的樂趣，就是當外國人聽見我脫口而出法文時的驚喜表情！不但滿足了喜歡出奇不意的我，也給了我開口說法文的動力。別怕文法錯誤的尷尬，先講再說，往往收穫更多呢！下次身邊遇到講法文的人，別錯過機會，勇敢開口說聲「Bonjour」吧！

陳媛

如何使用本書

Step1 熟讀學習要點

在一週開口說法語之前

面對陌生的語言，不時有朋友問我：「在法文中，常常看見『le』、『la』、『les』，這些字到底是什麼意思啊？」、「為什麼一下子是『le』，一下子是『la』，到底有什麼不同呢？」在學習一個和中文不同語言結構的外國語言時，一定會冒出很多類似的小疑惑，所以進入本書正文之前，要和您介紹一些基本的法文文法規則，告訴您到底該注意哪些特殊的概念，也讓您在閱讀本書的同時，能夠更快地進入狀況！

「連音」（Les liaisons）：

當法國人講話的時候，是不是覺得很迷人呢？普遍說來，法國人還蠻注重連音的，但是太刻意反而會失去法文的韻味。想當初剛接觸法文時，為了要求完美連音，簡單的一個句子卻花了好一段時間才唸出來，失去了整個語句的美感，活像個機器人！其實大家不用太緊張，只要了解連音的基本概念，多加練習，也能像法國人說出一口流利的好法文唷！

法文字母以子音字母結尾時，例如：d、m、n、s、t、x、z，通常字尾的子音不發音，像是「un」（一個）的發音為[œ̃]，「n」不發音。但是當它後面接著一個以母音字母或是啞音「h」開頭的單字時，這個子音就必須發音，例如：「un ami」（一個男生朋友），發音為[œ̃n] [ami]，「n」須發音並且要與後面的母音連音。

如果子音字母為s、x、z時，發音均為[z]；子音字母為d、t時，發音均為[t]。

範例：des + ami → des ami（一些男生朋友）

[de] [ami] [dez] [ami]

vingt + ans → vingt ans（20年；20歲）

[vɛ̃] [ɑ̃] [vɛ̃t] [ɑ̃]

在法文中，其實並不硬性規定每一個小細節非連音不可，講起話來只要文法和句型正確即可。當然，如果熟悉法文之後，您會發現該連音的部分連音，講起法文會更為順暢！

一週開口說法語 013

本書學習要點

在學習法文之前，可以先利用此單元認識法文的基本知識。「超基本文法規則」和「特殊標示方法如何看？」除了介紹基礎法文文法規則之外，也告訴您該注意的特殊概念，了解之後，學習法文也能更快地進入狀況！

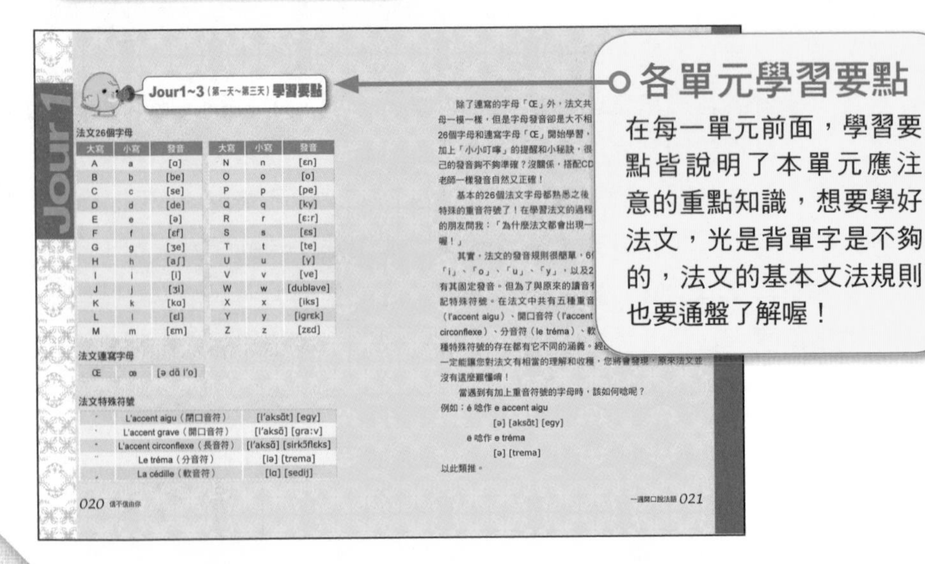

Jour1~3（第一天~第三天）學習要點

法文26個字母

大寫	小寫	發音	大寫	小寫	發音
A	a	[ɑ]	N	n	[ɛn]
B	b	[be]	O	o	[o]
C	c	[se]	P	p	[pe]
D	d	[de]	Q	q	[ky]
E	e	[ə]	R	r	[ɛ:r]
F	f	[ɛf]	S	s	[ɛs]
G	g	[ʒe]	T	t	[te]
H	h	[aʃ]	U	u	[y]
I	i	[i]	V	v	[ve]
J	j	[ʒi]	W	w	[dublave]
K	k	[kɑ]	X	x	[iks]
L	l	[ɛl]	Y	y	[igrɛk]
M	m	[ɛm]	Z	z	[zɛd]

法文連寫字母

Œ	œ	[ə dɑ̃ l'o]

法文特殊符號

符號	名稱	發音
´	L'accent aigu（閉口音符）	[l'aksɑ̃] [egy]
`	L'accent grave（開口音符）	[l'aksɑ̃] [gra:v]
ˆ	L'accent circonflexe（長音符）	[l'aksɑ̃] [sirkɔ̃flɛks]
¨	Le tréma（分音符）	[lə] [trema]
¸	La cédille（軟音符）	[lɑ] [sedij]

當遇到有加上重音符號的字母時，該如何唸呢？

例如：é 唸作 e accent aigu

[ə] [aksɑ̃t] [egy]

ë 唸作 e tréma

[ə] [trema]

以此類推。

020 信不信由你　　一週開口說法語 021

各單元學習要點

在每一單元前面，學習要點皆說明了本單元應注意的重點知識，想要學好法文，光是背單字是不夠的，法文的基本文法規則也要通盤了解喔！

Step2 學習法文字母

只要三天，法文26字，以及連寫字母、特殊符號，聽、說、讀、寫一次學會！

發音
學習最正確的法文音標發音！

發音重點
用嘴型說明，並用注音符號或中文輔助，輕鬆開口說法文！

CD序號
配合CD學習，法文基本字母、特殊符號才能更快朗朗上口！

有什麼？
每學完一個基本字母，用相關單字輔助，立刻增加單字量！

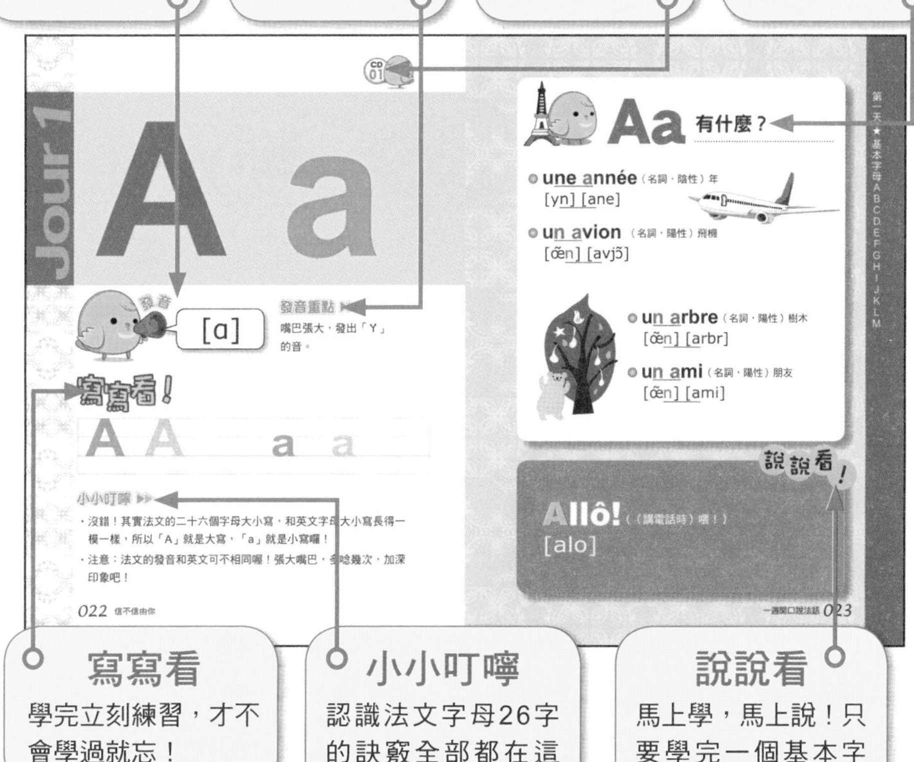

寫寫看
學完立刻練習，才不會學過就忘！

小小叮嚀
認識法文字母26字的訣竅全部都在這裡！想知道與英文字母發音有哪裡不同？看小小叮嚀就對了！

說說看
馬上學，馬上說！只要學完一個基本字母，立即就能開口說法文！

Step3 學習實用單字

接觸法文的第二步，就是學習日常生活中的基本單字，搭配「一起來用法語吧」，迅速學會12大類單字！

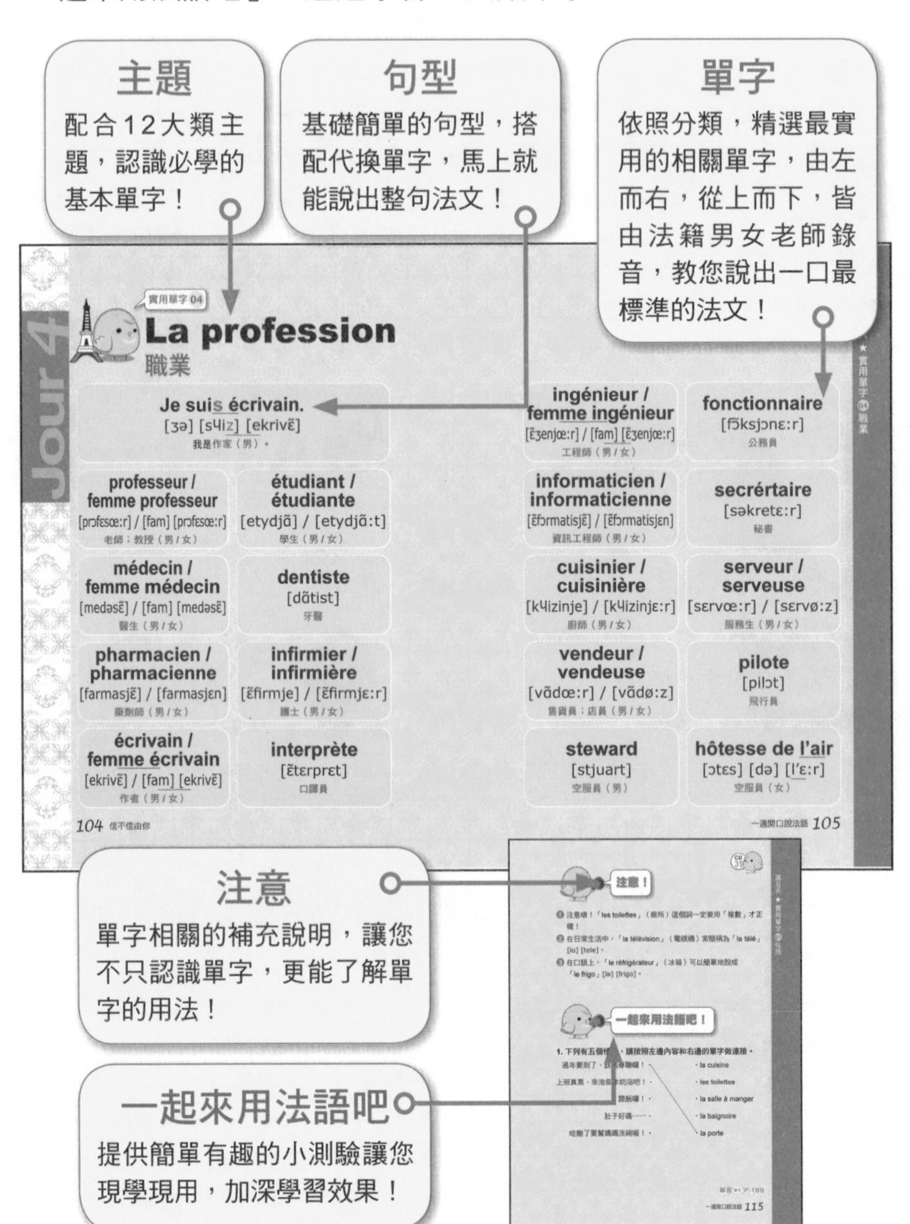

Step4 學習生活會話

進入法文的會話世界裡，超實用的生活會話，搭配「換個詞說說看」、「法文小教學」和「動詞變化」，信不信由你，一週就能開口說法文！

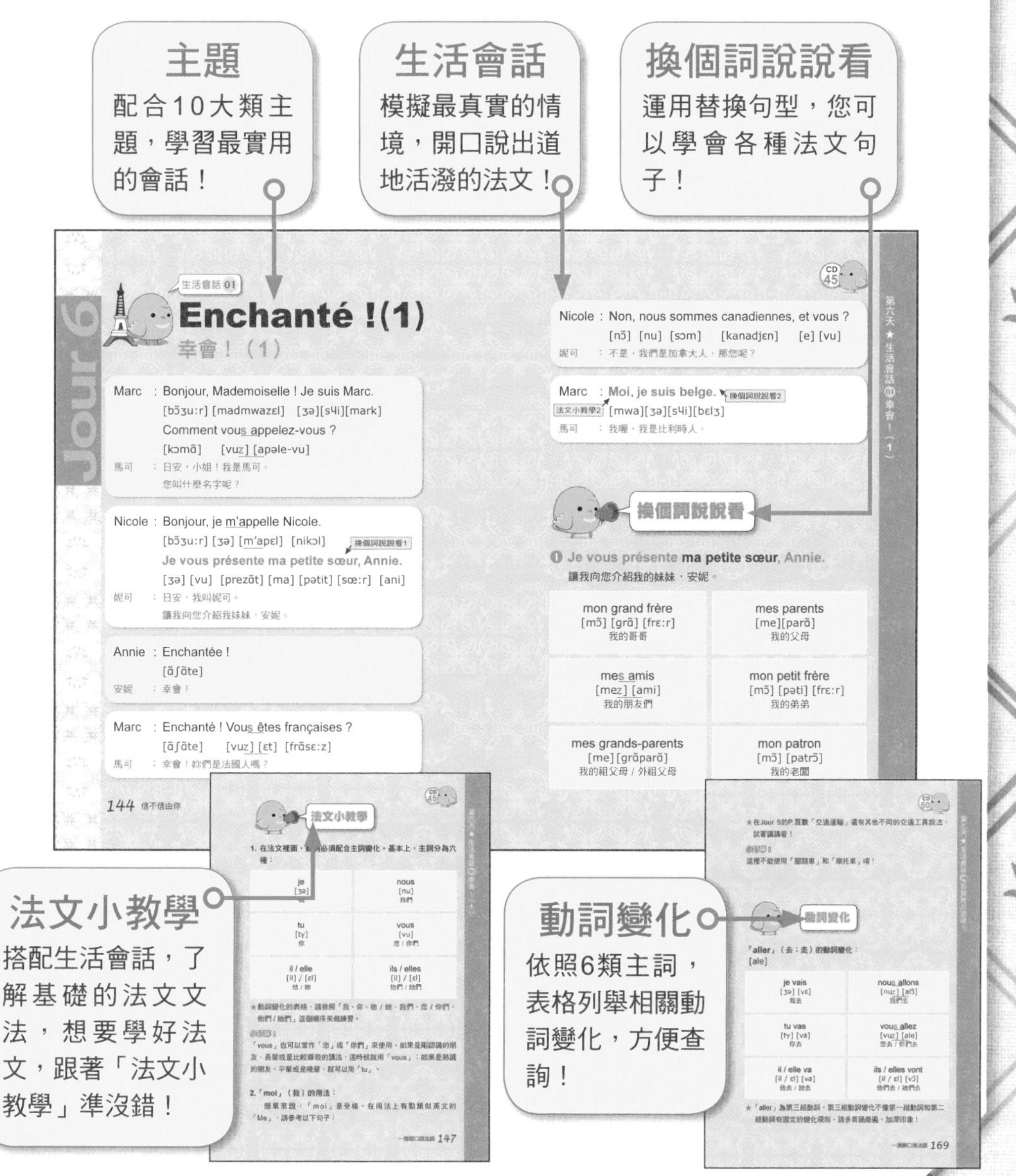

目錄

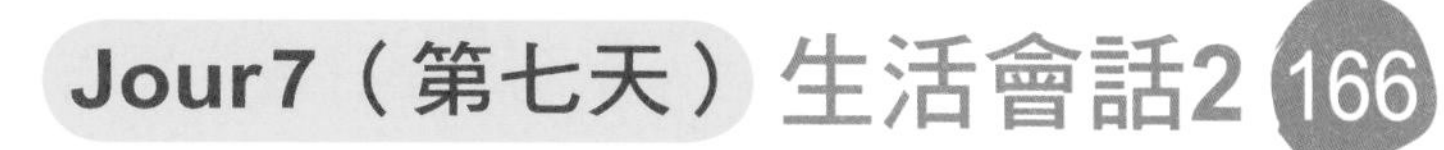

在一週開口說法語之前

面對陌生的語言，不時有朋友問我：「在法文中，常常看見『le』、『la』、『les』，這些字到底是什麼意思啊？」、「為什麼一下子是『le』，一下子是『la』，到底有什麼不同呢？」在學習一個和中文不同語言結構的外國語言時，一定會冒出很多類似的小疑惑，所以進入本書正文之前，要和您介紹一些基本的法文文法規則，告訴您到底該注意哪些特殊的概念，也讓您在閱讀本書的同時，能夠更快地進入狀況！

超基本文法規則

字母「h」分啞音（muet）和嘘音（aspiré）：

只有「啞音h」需要和前面的單字連音，或是和前面的單字縮寫。

範例：1. 連音：les hommes（人們；男子們）

[lez] [ɔm]

2. 縮寫：l'homme（人；男子）

[l'ɔm]

法文單字字尾的子音，如：d、m、n、s、t、x、z，通常不發音：

範例：un chat（貓）

[œ̃] [ʃa]

un français（法國人）

[œ̃] [frɑ̃sɛ]

「連音」（Les liaisons）：

當法國人講話的時候，是不是覺得很迷人呢？普遍說來，法國人還蠻注重連音的，但是太刻意反而會失去法文的韻味。想當初剛接觸法文時，為了要求完美連音，簡單的一個句子卻花了好一段時間才唸出來，失去了整個語句的美感，活像個機器人！其實大家不用太緊張，只要了解連音的基本概念，多加練習，也能像法國人說出一口流利的好法文唷！

法文字母以子音字母結尾時，例如：d、m、n、s、t、x、z，通常字尾的子音不發音，像是「un」（一個）的發音為[œ̃]，「n」不發音。但是當它後面接著一個以母音字母或是啞音「h」開頭的單字時，這個子音就必須發音，例如：「un ami」（一個男生朋友），發音為[œ̃n] [ami]，「n」須發音並且要與後面的母音連音。

如果子音字母為s、x、z時，發音均為[z]；子音字母為d、t時，發音均為[t]。

範例： des + ami → des ami（一些男生朋友）
[de] [ami] [dez] [ami]

vingt + ans → vingt ans（20年；20歲）
[vɛ̃] [ɑ̃] [vɛ̃t] [ɑ̃]

在法文中，其實並不硬性規定每一個小細節非連音不可，講起話來只要文法和句型正確即可。當然，如果熟悉法文之後，您會發現該連音的部分連音，講起法文會更為順暢！

「母音字母省略」（L'élision）：

法文裡常常會看到「j'ai...」或「l'homme」等好像很深奧的字詞，心想不知道這又是什麼難懂的法文文法了。別害怕！簡單來說，這只是字詞的縮寫，並不是什麼特殊的法文符號，這樣的母音字母省略讓字詞發音更容易，甚至在唸語句時更為順暢。

有些法文字母的字尾要發音，例如：「je」（我）的發音為[ʒə]，當接續在後面的單字為母音字母「a、e、i、o、u、y」或是啞音「h」開頭時，「je」的字尾字母「e」省略不寫也不發音，並且和後面的單字縮寫在一起。像是「le」（這個）、「la」（這個）都屬於這種狀況。

特別注意：字母「y」大多唸作[j]或是[i]，當字母「y」唸作[i]時為母音開頭的字母，必須做適當的縮寫和連音。

範例：le ＋ yo-yo → le yo-yo（這個溜溜球）

[lə] [jojo] [lə] [jojo]

le ＋ ysopet → l'ysopet（這個寓言集）

[lə] [izɔpɛ] [l'izɔpɛ]

「陰性和陽性」（Le féminin et le masculin）：

剛開始學習法文的時候，首先要習慣的是法文字詞有陰性和陽性的分別。要知道一個法文字詞的陰陽性有些基本的辨識方式，像是「-sion」、「-tion」等結尾的字通常是陰性，而「-isme」、「-ment」等結尾的字通常是陽性。不過還是有例外，甚至有些字詞是陰陽性同字。所以建議在背單字的時候，要連同單字前的定冠詞或不定冠詞一同記起來！當然，如果不確定單字的陰陽性時，查字典是最保險的方法囉！

名詞和形容詞的陰陽性簡單規則：

1. 法文的定冠詞和不定冠詞必須配合名詞的陰陽性做變化。

冠詞 ＼ 形式	陽性	陰性
定冠詞	le（這個）	la（這個）
不定冠詞	un（一個）	une（一個）

例如：un frère（一個兄弟）、une sœur（一個姊妹）。

書中配合26個法文字母的擴充單字，都有加上不定冠詞在單字前面，並且清楚地標示出詞性，單字的陰陽性一目了然！

範例：**une année**（名詞，陰性）年

[yn] [ane]

2. 除了固定詞性的法文名詞，像是：「un soleil」（太陽）、「une lune」（月亮）之外，人和動物這種有男女公母之分的名詞也有陰陽性的變化。一般最常見的變化規則，是在陽性名詞的字尾加上「e」即為陰性名詞。另外，像是「-eur / -euse」、「-f / -ve」、「-e / -esse」等，也是一些比較常見的變化規則。

範例：un ami（一個男性朋友）

une amie（一個女性朋友）

un serveur（一個男服務生）

une serveuse（一個女服務生）

3. 法文的形容詞必須配合名詞的陰陽性做變化。陰性形容詞也有一些基本的規則變化，最常見的就是在陽性形容詞字尾加上「e」，像是「content」（開心的）為陽性形容詞，在字尾加上「e」，形容詞「contente」便成了陰性形容詞。另外，像是「-if / -ive」、「-el / -elle」、「-er / -ère」等等都是比較常見的形容詞陰陽性變化。

範例：un grand frère（一個哥哥）

une grande sœur（一個姊姊）

un cher ami（一個親愛的男性朋友）

une chère amie（一個親愛的女性朋友）

4. 當主詞為陽性時，通常伴隨它的形容詞也是陽性；相反的，主詞為陰性時則伴隨的形容詞是陰性。

範例：男子說：「我很累！」→ Je suis fatigué !

女子說：「我很累！」→ Je suis fatiguée !

「單數和複數」（Le singulier et le pluriel）：

在法文中，當名詞為複數時，跟著它的形容詞、定冠詞或不定冠詞也要變化成複數。

範例： un chat noir（一隻黑色公貓）

des chats noirs （一些黑色公貓）

如果名詞為陰性複數時，跟著它的形容詞、定冠詞或不定冠詞也一定要是陰性形式，然後再變化成複數。

範例： une chatte noire（一隻黑色母貓）

des chattes noires （一些黑色母貓）

冠詞＼形式	陽性	陰性	複數形式
定冠詞	le	la	les
不定冠詞	un	une	des

特殊標示方法如何看？

看完了這些最基本的文法規則，是不是有點頭昏呢？別害怕！只是要告訴您一些基礎的文法概念，這樣法文學起來也比較有頭緒。為了讓大家在閱讀上能夠簡單明瞭，書裡有一些特殊的標記方式在此先和大家介紹一下：

1. 當遇到有連音的部分時，會在該連音的單字和音標下用底線「___」做記號。

   範例：單字 une année（年）

   音標 [yn] [ane]

   搭配CD閱讀內容時，或許您會發現某些劃底線的字詞，老師卻沒有連音，別緊張！老師只是為了讓您聽得更仔細！

2. 當遇到連音，並且有本來不發音的字尾子音，在連音時必須發音，會將該字尾子音標示出來，並以紅色顯示。

   範例：單字 un enfant（兒童；小孩）

   音標 [œ̃n] [ɑ̃fɑ̃]

3. 當定冠詞「le」、「la」遇到母音字母「a、e、i、o、u、y」或啞音「h」開頭的單字時，要變成「l'」並和單字合寫在一起，連寫的單字和音標都會加上底線「___」做記號。

   範例：單字 l'agenda（記事本）

   音標 [l'aʒɛ̃da]

4. 當音標當中出現冒號「:」時，表示在冒號前的母音要發長音。

   範例：**un fantôme**（名詞，陽性）幽靈；鬼魂

   [œ̃] [fɑ̃tɔ:m]

Français

Jour 1~3

（第一天~第三天）

想要進入浪漫的法蘭西世界，首先必須學會的就是法文，在一週內的前三天，本書要介紹的就是法文最基本的26個字母，以及連寫字母「Œ」。另外，重音符號也是法文中不可或缺的特殊符號喔！到底有哪裡不一樣呢？跟著我們一起踏出法文的第一步吧！

Jour1（第一天）學習內容：基本字母1

A、B、C、D、E、F、G、H、I、J、K、L、M

Jour2（第二天）學習內容：基本字母2

N、O、P、Q、R、S、T、U、V、W、X、Y、Z、Œ

Jour3（第三天）學習內容：特殊符號

「´」、「`」、「^」、「¨」、「¸」

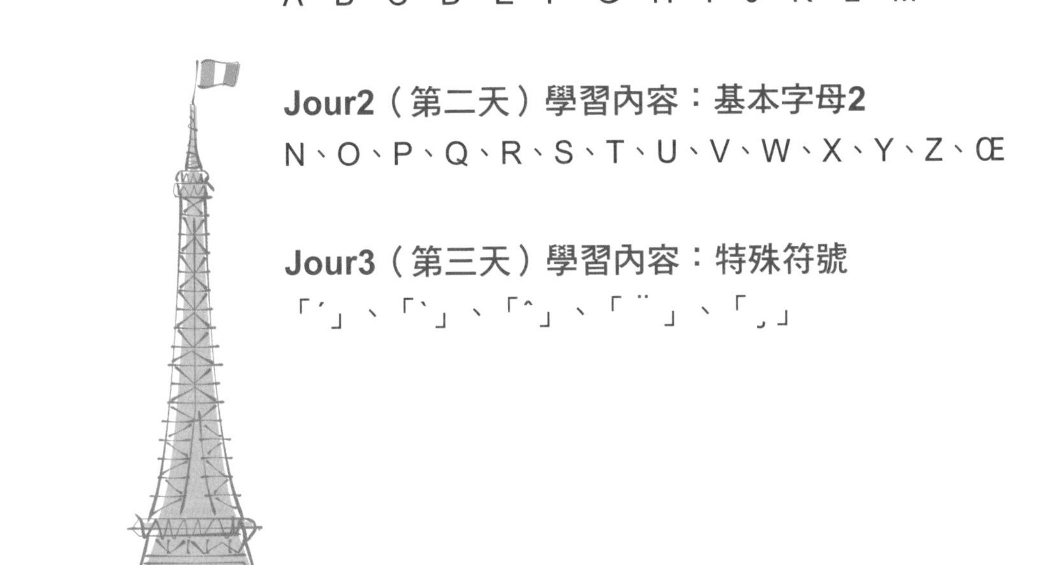

Jour1~3（第一天~第三天）學習要點

法文26個字母

大寫	小寫	發音	大寫	小寫	發音
A	a	[ɑ]	N	n	[ɛn]
B	b	[be]	O	o	[o]
C	c	[se]	P	p	[pe]
D	d	[de]	Q	q	[ky]
E	e	[ə]	R	r	[ɛ:r]
F	f	[ɛf]	S	s	[ɛs]
G	g	[ʒe]	T	t	[te]
H	h	[aʃ]	U	u	[y]
I	i	[i]	V	v	[ve]
J	j	[ʒi]	W	w	[dubləve]
K	k	[kɑ]	X	x	[iks]
L	l	[ɛl]	Y	y	[igrɛk]
M	m	[ɛm]	Z	z	[zɛd]

法文連寫字母

Œ	œ	[ə dɑ̃ l'o]

法文特殊符號

´	L'accent aigu（閉口音符）	[l'aksɑ̃t] [egy]
`	L'accent grave（開口音符）	[l'aksɑ̃] [gra:v]
ˆ	L'accent circonflexe（長音符）	[l'aksɑ̃] [sirkɔ̃flɛks]
¨	Le tréma（分音符）	[lə] [trema]
¸	La cédille（軟音符）	[lɑ] [sedij]

除了連寫的字母「Œ」外，法文共有26個字母，長相和英文字母一模一樣，但是字母發音卻是大不相同喔！第一、二天我們先從26個字母和連寫字母「Œ」開始學習，跟著「發音重點」唸唸看，加上「小小叮嚀」的提醒和小秘訣，很快就能得心應手！不知道自己的發音夠不夠準確？沒關係，搭配CD邊聽邊學習，您也能和法籍老師一樣發音自然又正確！

基本的26個法文字母都熟悉之後，接下來第三天就進入法文特殊的重音符號了！在學習法文的過程當中，總是會遇到不懂法文的朋友問我：「為什麼法文都會出現一些點點和左右撇啊？好難懂喔！」

其實，法文的發音規則很簡單，6個母音字母「a」、「e」、「i」、「o」、「u」、「y」，以及20個子音字母，每個字母都有其固定發音。但為了與原來的讀音有所區別，會在字母上面標記特殊符號。在法文中共有五種重音符號，分別是：閉口音符（l'accent aigu）、開口音符（l'accent grave）、長音符（l'accent circonflexe）、分音符（le tréma）、軟音符（la cédille），而每一種特殊符號的存在都有它不同的涵義。經由三天詳細地介紹，相信一定能讓您對法文有相當的理解和收穫，您將會發現，原來法文並沒有這麼難懂唷！

當遇到有加上重音符號的字母時，該如何唸呢？

例如：é 唸作 e accent aigu

[ə] [aksɑ̃t] [egy]

ë 唸作 e tréma

[ə] [trema]

以此類推。

CD 01

Jour 1

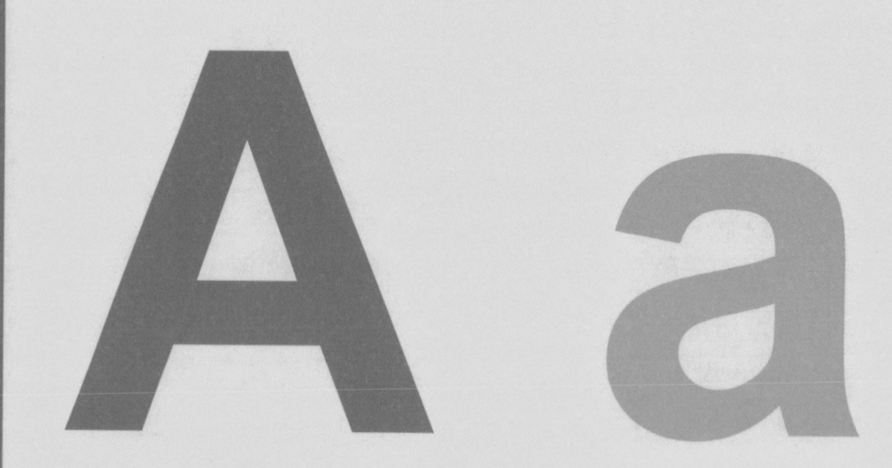

發音重點 ▶▶

嘴巴張大，發出「Y」的音。

A A a a

小小叮嚀 ▶▶

- 沒錯！其實法文的二十六個字母大小寫，和英文字母大小寫長得一模一樣，所以「A」就是大寫，「a」就是小寫囉！
- 注意：法文的發音和英文可不相同喔！張大嘴巴，多唸幾次，加深印象吧！

Aa 有什麼？

- **une année**（名詞，陰性）年
  [yn] [ane]

- **un avion**（名詞，陽性）飛機
  [œ̃n] [avjɔ̃]

- **un arbre**（名詞，陽性）樹木
  [œ̃n] [arbr]

- **un ami**（名詞，陽性）朋友
  [œ̃n] [ami]

說說看！

Allô !（（講電話時）喂！）
[alo]

CD 02

Jour 1

B b

發音重點 ▶▶

嘴型扁平，發出類似
「ㄅㄟ」的聲音。

B B b b

小小叮嚀 ▶▶

・這個字母的發音並不困難，類似杯子的「杯」，試著說說看！

Bb 有什麼？

- **un bébé**（名詞，陽性）嬰兒
  [œ̃] [bebe]
- **beaucoup**（副詞）很多
  [boku]

- **un bus**（名詞，陽性）公共汽車
  [œ̃] [bys]
- **une boutique**（名詞，陰性）商店；店鋪
  [yn] [butik]

說說看！

Bon voyage !（一路順風！）
[bɔ̃] [vwaja:ʒ]

CD 03

Jour 1

發音重點 ▶▶

嘴型扁平，發出類似「ㄙㄟ」的聲音。

寫寫看！

C C c c

小小叮嚀 ▶▶

・想像蛇「嘶」的叫聲，連同「ㄟ」一起發出「ㄙㄟ」的聲音。

Cc 有什麼？

- **un cadeau**（名詞，陽性）禮物
  [œ̃] [kado]

- **content**（形容詞，陽性）開心的
  [kɔ̃tɑ̃]

- **un chat**（名詞，陽性）貓
  [œ̃] [ʃa]

- **chaud**（形容詞，陽性）熱的
  [ʃo]

說說看！

Comment faire ?

[kɔmɑ̃] [fɛ:r]

（怎麼辦？）

Jour 1

D d

發音重點 ▶▶

嘴型略微張開，舌尖頂著上齒，發出「ㄉㄟ」的聲音。

寫寫看！

D D d d

小小叮嚀 ▶▶

・類似「非得」的「得」，但是發出的音是國語四聲中的「一聲」。

Dd 有什麼？

- **un déjeuner**（名詞，陽性）午餐
  [œ̃] [deʒœne]

- **demain**（副詞）明天
  [dəmɛ̃]

- **une dent**（名詞，陰性）牙齒
  [yn] [dɑ̃]

- **dans**（介係詞）在……內
  [dɑ̃]

說說看！

Désolé !（（男子說）抱歉！）
[dezɔle]

Désolée !（（女子說）抱歉！）
[dezɔle]

Jour 1

E e

發音重點 ▶▶

嘴唇緊閉，中間微微張開成小圓狀，發出類似「ㄜ」的聲音。

E E e e

小小叮嚀 ▶▶

・發音小祕訣：想像我們打飽嗝的聲音，「嗝」！

Ee 有什麼？

- **un estomac**（名詞，陽性）胃
  [œ̃n] [ɛstɔma]

- **une école**（名詞，陰性）學校
  [yn] [ekɔl]

- **une étoile**（名詞，陰性）星星
  [yn] [etwal]

- **un enfant**（名詞，陽性）兒童；小孩
  [œ̃n] [ɑ̃fɑ̃]

說說看！

Enchanté !（（男子說）幸會！）
[ɑ̃ʃɑ̃te]

Enchantée !（（女子說）幸會！）
[ɑ̃ʃɑ̃te]

CD 06

Jour 1

發音重點 ▶▶

嘴型扁平發出「ㄝ」的四聲，然後上齒輕碰下唇發出「ㄈ」的輕聲。

小小叮嚀 ▶▶

・其實法文「F」的發音和英文「F」的發音很相似，但實際上法文「F」發音時的嘴型比較收斂一些，多練習幾次，很快就可以熟悉它！

Ff 有什麼？

- **une forêt**（名詞，陰性）森林；樹林
  [yn] [fɔrɛ]
- **un fromage**（名詞，陽性）乳酪；乳酪塊
  [œ̃] [frɔmaːʒ]
- **un fantôme**（名詞，陽性）幽靈；鬼魂
  [œ̃] [fɑ̃toːm]
- **un frère**（名詞，陽性）兄弟
  [œ̃] [frɛːr]

說說看！

J'ai faim.（我餓了。）
[ʒ'ɛ] [fɛ̃]

Jour 1

CD 07

發音重點 ▶▶

嘴型成圓狀，微微發出「ㄖㄩ」的輕聲，然後保持圓狀嘴型，發出類似「ㄖㄟ」的音。

寫寫看！

G G g g

小小叮嚀 ▶▶

- 和英文「J」的發音相似，但是法文「G」的發音比較短促！
- 多聽CD練習看看，馬上就能抓到發音的訣竅！

Gg 有什麼？

- **un garçon**（名詞，陽性）男孩
  [œ̃] [garsɔ̃]

- **grand**（形容詞，陽性）大的；高的
  [grɑ̃]

- **un gâteau**（名詞，陽性）蛋糕
  [œ̃] [gɑto]

- **une gare**（名詞，陰性）火車站
  [yn] [ga:r]

說說看！

À gauche !（向左；左轉！）
[a] [go:ʃ]

CD 08

Jour 1

H h

發音重點

嘴巴張開，發出「ㄚ」的四聲，然後輕輕地發出「ㄒㄩ」的輕聲。

H H h h

小小叮嚀

- 有點類似「啊噓」的聲音！
- 尾音「ㄒㄩ」只需輕輕發出，不要唸得太重囉！

Hh 有什麼？

- **un hôpital**（名詞，陽性）醫院
  [œ̃n] [ɔpital]

- **hier**（副詞）昨天
  [jɛ:r]

- **une heure**（名詞，陰性）小時
  [yn] [œ:r]

- **horrible**（形容詞）可怕的；恐怖的
  [ɔribl]

說說看！

Quelle heure est-il ?

[kɛl] [œ:r] [ɛt-il]

（現在幾點？）

Jour 1

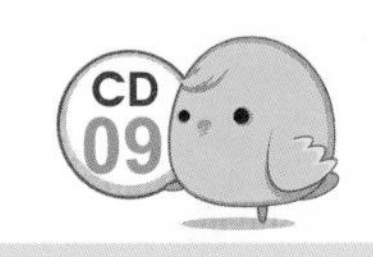

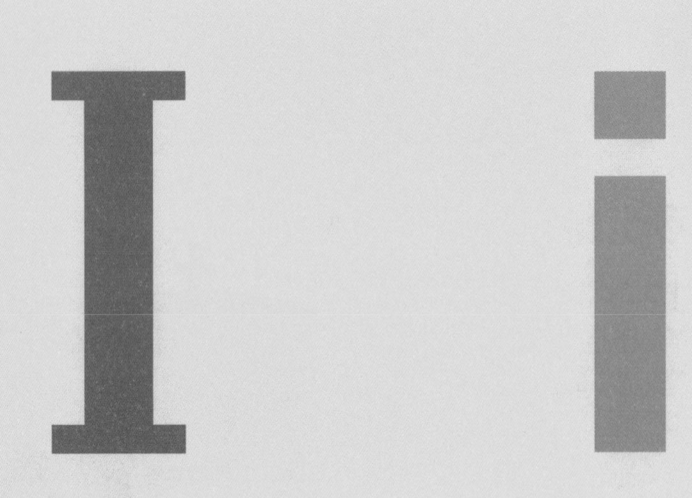

發音重點 ▶▶

嘴巴往二側延展，發出「一」的聲音。

I I i i

小小叮嚀 ▶▶

・有點類似「1、2、3……」的「1」，發出時尾聲有氣音！

Ii 有什麼？

- **une île**（名詞，陰性）島；島嶼
  [yn] [il]

- **ici**（副詞）這裡；此地
  [isi]

- **une idée**（名詞，陰性）觀念；主意
  [yn] [ide]

- **incroyable**（形容詞）難以置信的；不可思議的
  [ɛ̃krwajabl]

說說看！

C'est incroyable !

[s'ɛt] [ɛ̃krwajabl]

（真不可思議！）

CD 10

J j

發音重點

嘴型成圓狀，然後發出「ㄖㄧ」的音，發出來的聲音近似「ㄖㄩ」的感覺。

寫寫看！

J J j j

小小叮嚀

- 和英文「G」的發音相似，但是法文「J」的發音比較短促！
- 法文的「G」和「J」的發音恰好和英文的「J」和「G」相似，要注意別混淆囉！

Jj 有什麼？

- **un jouet**（名詞，陽性）玩具
  [œ̃] [ʒwe]

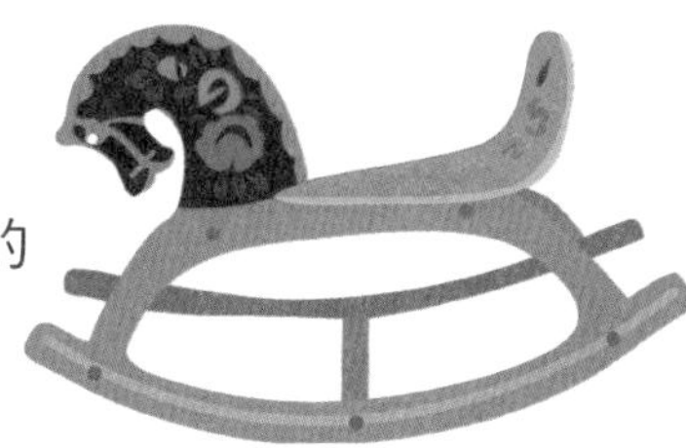

- **joli**（形容詞，陽性）漂亮的；好看的
  [ʒɔli]

- **un jardin**（名詞，陽性）公園；花園
  [œ̃] [ʒardɛ̃]

- **une jupe**（名詞，陰性）裙子
  [yn] [ʒyp]

說說看！

Bonne journée !

[bɔn] [ʒurne]

（祝有個美好的一天！）

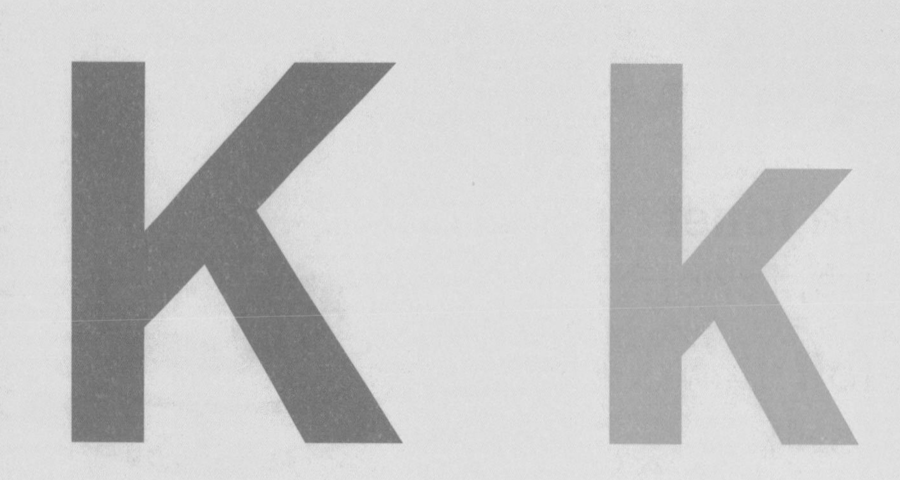

發音重點 ▶▶

嘴巴張開，發出類似「ㄍㄚ」的聲音，發音時略帶氣音。

K K k k

小小叮嚀 ▶▶

・其實「K」的發音是介於「ㄍ」和「ㄎ」之間，但是它唸起來比較像是帶點氣音的「嘎」。

Kk 有什麼？

- **kaki**（形容詞）土黃色的
  [kaki]

- **un kilo**（名詞，陽性）公斤；千克
  [œ̃] [kilo]

- **un kangourou**（名詞，陽性）袋鼠
  [œ̃] [kɑ̃guru]

- **un kidnappeur**（名詞，陽性）綁匪
  [œ̃] [kidnapœ:r]

說說看！

Combien de kilos ?

[kɔ̃bjɛ̃] [də] [kilo]

（幾公斤？）

CD 12

L l

發音重點

嘴型扁平發出「ㄝ」的四聲，接著舌尖輕碰上顎，發出「ㄌㄜ」的輕聲。

寫寫看！

L L l l

小小叮嚀

・唸法就像英文「L」的發音後面加上「了」！

Ll 有什麼？

- **un lapin**（名詞，陽性）兔子
  [œ̃] [lapɛ̃]

- **loin**（副詞）遠
  [lwɛ̃]

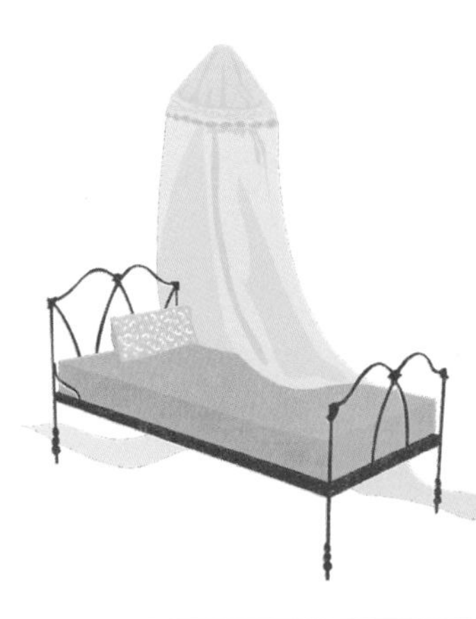

- **un livre**（名詞，陽性）書本
  [œ̃] [li:vr]

- **un lit**（名詞，陽性）床
  [œ̃] [li]

說說看！

C'est la vie !（這就是人生！）
[s'ε] [lɑ] [vi]

CD 13

Jour 1

M m

發音重點 ▶▶

嘴巴微開，發出「ㄝ」的四聲，然後以「ㄇㄜ」的輕聲收尾。

M M m m

小小叮嚀 ▶▶

- 它和英文「M」的發音相似，但實際上法文「M」發音時的嘴型比較收斂一些，多練習幾次就會了！
- 要比較注意的是：尾音「ㄇㄜ」在發音時不但要發輕聲，而且還要輕輕的，不可以太重喔！

Mm 有什麼？

- **une maison**（名詞，陰性）房屋；住宅
  [yn] [mɛzɔ̃]

- **maintenant**（副詞）現在
  [mɛ̃tnɑ̃]

- **un musée**（名詞，陽性）博物館
  [œ̃] [myze]

- **malade**（形容詞）患病的；壞的
  [malad]

說說看！

Merci.（謝謝。）
[mɛrsi]

N n

發音重點 ▶▶

嘴巴微開，發出「ㄝ」的四聲，然後舌尖輕貼上齒發出「ㄋㄜ」的輕聲。

寫寫看！

N N n n

小小叮嚀 ▶▶

・發音時，尾音「ㄋㄜ」輕輕的帶過即可。

Nn 有什麼？

- **un nom**（名詞，陽性）名字；名稱
  [œ̃] [nɔ̃]
- **un numéro**（名詞，陽性）號碼
  [œ̃] [nymero]
- **une nationalité**（名詞，陰性）國籍；民族
  [yn] [nasjɔnalite]
- **nécessaire**（形容詞）必須的；必要的
  [nesesɛ:r]

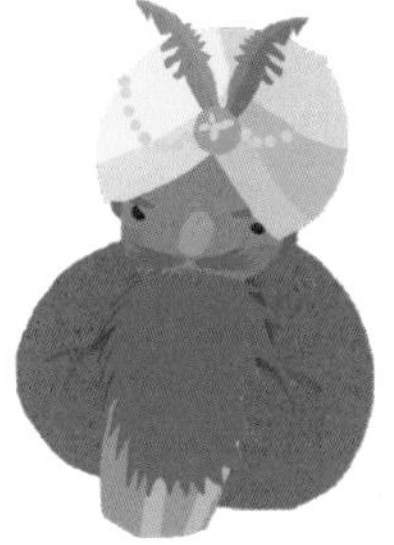

說說看！

Bonne nuit.（（睡前）晚安。）
[bɔn] [nɥi]

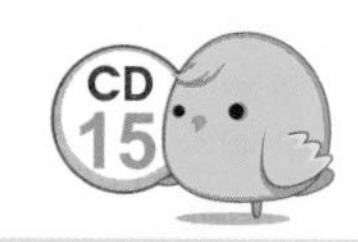

發音重點 ▶▶

嘴型呈小圓狀，發出類似「ㄛ」的聲音。

小小叮嚀 ▶▶

・比英文的「O」還要簡潔有力，嘴型保持微開！

Oo 有什麼？

- **un ordinateur**（名詞，陽性）電腦
  [œ̃n] [ɔrdinatœ:r]
- **un organe**（名詞，陽性）器官
  [œ̃n] [ɔrgan]

- **une oreille**（名詞，陰性）耳朵
  [yn] [ɔrɛj]
- **occupé**（形容詞，陽性）忙碌的
  [ɔkype]

說說看！

Où habitez-vous ?

[u] [abite] [vu]

（您住哪裡？）

CD 16

P

發音重點 ▶▶

嘴型扁平，輕發「ㄅㄟ」的聲音。

寫寫看！

P P p p

小小叮嚀 ▶▶

・注意！是輕輕發出「ㄅ」的聲音，音太重就不對了唷！

・它和「B」的法文發音聽起來很像，但其實不同喔！發音祕訣在於「P」的音比較輕，發音時略帶氣音。

Pp 有什麼？

- **un pantalon**（名詞，陽性）長褲
  [œ̃] [pɑ̃talɔ̃]

- **pourquoi**（副詞）為什麼
  [purkwa]

- **un parapluie**（名詞，陽性）雨傘
  [œ̃] [paraplɥi]

- **une poubelle**（名詞，陰性）垃圾桶
  [yn] [pubɛl]

說說看！

Pardon.
[pardɔ̃]
（（打擾別人、請人再說一遍或請求協助時）不好意思；請原諒。）

CD 17

Q q

發音重點 ▶▶

嘴巴呈小圓狀，輕輕發出「ㄎㄩ」的聲音。

寫寫看！

小小叮嚀 ▶▶

- 發音小祕訣：想像自己吹口哨的嘴型，試著發音看看！
- 要注意喔，「ㄎ」的發音不可以太重，輕輕發出才是正確的，發音時略帶氣音！

Qq 有什麼？

- **une question**（名詞，陰性）問題
  [yn] [kɛstjɔ̃]

- **un quai** （名詞，陽性）碼頭；月台
  [œ̃] [ke]

- **un quart**（名詞，陽性）四分之一
  [œ̃] [ka:r]

- **quand**（副詞）什麼時候；何時
  [kɑ̃]

說說看！

Qui est-ce ?（這是誰？）
[ki] [ɛ-s]

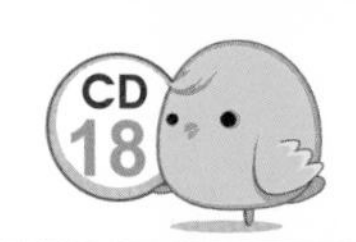

Jour 2

R 

發音重點 ▶▶

嘴巴往二側延展，發出「ㄝ」的四聲，接著發出「ㄏ」的輕聲。

寫寫看！

R R r r

小小叮嚀 ▶▶

・尾音輕輕發出類似喝水的「喝」，記得點到為止，不要太刻意！

Rr 有什麼？

- **un renard**（名詞，陽性）狐狸
  [œ̃] [rəna:r]

- **un rêve**（名詞，陽性）夢境；夢想
  [œ̃] [rɛ:v]

- **une réponse**（名詞，陰性）答覆；答案
  [yn] [repɔ̃:s]

- **une rue**（名詞，陰性）街；街道
  [yn] [ry]

說說看！

Pouvez-vous le répéter,
[puve] [vu] [lə] [repete]
s'il vous plaît ?（可以請您再說一遍嗎？）
[s'il] [vu] [plɛ]

發音重點 ▶▶

嘴巴往二側延展，發出「せ」的四聲，接著發出「ㄙ」的輕聲。

S S s s

小小叮嚀 ▶▶

- 其實它的發音和英文的「S」有點像，但仔細聽還是可以發現它們不太一樣，法文的發音比較收斂。
- 雖然它的發音和英文相似，可是別忘了您現在是在學法文喔！

Ss 有什麼？

- **un savon**（名詞，陽性）肥皂
  [œ̃] [savɔ̃]

- **une semaine**（名詞，陰性）一星期；一週
  [yn] [səmɛn]

- **un secrétaire**（名詞，陽性）秘書
  [œ̃] [səkretɛ:r]

- **une solution**（名詞，陰性）解決方法；解答
  [yn] [sɔlysjɔ̃]

說說看！

Je ne sais pas.
[ʒə] [nə] [sɛ] [pɑ]
（我不知道。）

CD 20

Jour 2

發音重點 ▶▶

嘴型略微張開，舌尖頂著上齒，輕輕發出「ㄉㄟ」的聲音。

T T t t

小小叮嚀 ▶▶

- 其實很像台語的「茶」，但是發音為一聲。記得發音時不要太重喔！
- 它的發音介於「ㄉ」和「ㄊ」之間。
- 它和「D」的法文發音很相似，訣竅在於「T」的音比較輕，發音時略帶氣音。

Tt 有什麼？

- **un théâtre**（名詞，陽性）戲院
  [œ̃] [teɑ:tr]
- **toujours**（副詞）永遠；總是
  [tuʒu:r]

- **une tasse**（名詞，陰性）（有握把的）杯子
  [yn] [tɑ:s]
- **un tremblement de terre**
  [œ̃] [trɑ̃bləmɑ̃] [də] [tɛ:r]
  （名詞，陽性）地震

說說看！

Je n'ai pas le temps.

[ʒə][n'ɛ][pɑ][lə][tɑ̃]

（我沒時間；我沒空。）

Jour 2

U u

發音重點 ▶▶

嘴巴呈小圓狀，發出類似「ㄩ」的聲音。

寫寫看！

小小叮嚀 ▶▶

・類似「瘀青」的「瘀」，發音時尾聲有氣音！

Uu 有什麼？

- **une usine**（名詞，陰性）工廠
  [yn] [yzin]

- **urgent**（形容詞，陽性）緊急的；急迫的
  [yrʒɑ̃]

- **un uniforme**（名詞，陽性）制服
  [œ̃n] [ynifɔrm]

- **une université**（名詞，陰性）大學
  [yn] [ynivɛrsite]

說說看！

L'union fait la force.

[l'ynjɔ̃]　[fɛ]　[lɑ][fɔrs]

（團結就是力量。）

發音重點 ▶▶

上齒輕貼下唇，開頭帶有重磨擦的「ㄈㄟ」音。

V V v v

小小叮嚀 ▶▶

- 類似英文「V」的發音，但是後面以「ㄟ」收尾，而不是「一」。
- 注音符號裡面沒有和「V」相類似的發音，所以請多聽CD練習看看！

Vv 有什麼？

- **une vache**（名詞，陰性）母牛
  [yn] [vaʃ]

- **un vélo**（名詞，陽性）腳踏車
  [œ̃] [velo]

- **des verres de contact**
  [de] [vɛ:r] [də] [kɔ̃takt]
  （名詞，陽性）隱形眼鏡

- **un ventilateur**（名詞，陽性）電風扇
  [œ̃] [vɑ̃tilatœ:r]

說說看！

Bonnes vacances !
[bɔn] [vakɑ̃:s]
（假期愉快！）

Jour 2

W w

發音重點 ▶▶

這個字有三個音節：1.「ㄉㄨ」的三聲。2.將「ㄅㄜ的輕聲」和「ㄌㄜ的輕聲」二個音合成一個音。3.和法文「V」一樣的音：開頭帶有重磨擦的「ㄈㄟ」。將以上三個音節快速地一起唸過去。

W W w w

小小叮嚀 ▶▶

- 這個字母很特別！它其實是「double V」（雙V）的意思。
- 因為這個字母不容易用中文表達，所以需要多聽CD反覆練習！

Ww 有什麼？

- **un wapiti**（名詞，陽性）馴鹿
  [œ̃] [wapiti]

- **une wallace**（名詞，陰性）噴泉式飲水機
  [yn] [walas]

- **un wombat**（名詞，陽性）袋熊
  [œ̃] [wɔ̃ba]

- **un watt**（名詞，陽性）瓦特；瓦
  [œ̃] [wat]

說說看！

Bon week-end !

[bɔ̃] [wikɛnd]

（週末愉快！）

發音重點 ▶▶

嘴巴向二側延展發出「ㄧ」的音，接著發出「ㄎㄜ」的輕聲和「ㄙ」合成的聲音。

小小叮嚀 ▶▶

- 快速地發出類似「異可死」的聲音。
- 注意尾音「ㄙ」輕輕地發音就好！
- 加油！您已經踏入了法文獨特的世界囉！

Xx 有什麼？

- **un xylophone**（名詞，陽性）木琴
  [œ̃] [ksilɔfɔn]

- **xénophile**（形容詞）崇洋媚外的
  [ksenɔfil]

- **xénophobe**（形容詞）仇外的；排外的
  [ksenɔfɔb]

- **un xylographe**（名詞，陽性）木刻師
  [œ̃] [ksilɔgraf]

說說看！

Monsieur X（某先生）
[məsjø] [iks]

Jour 2

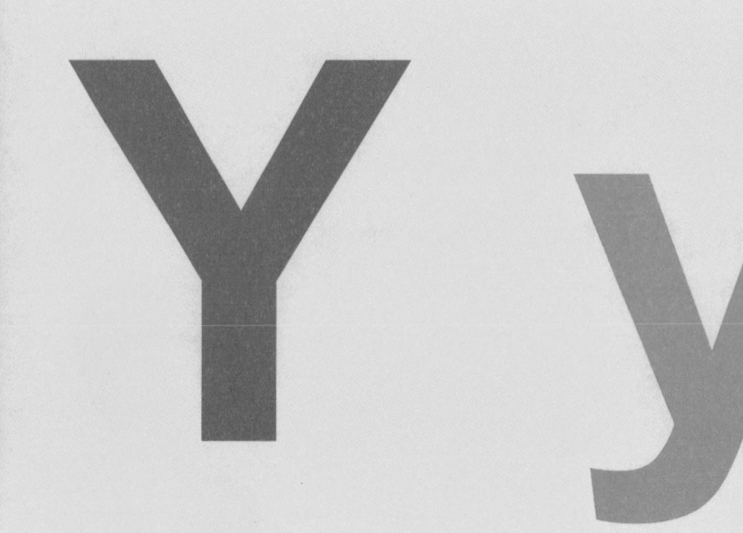

發音重點 ▶▶

這個字有二個音節：1.嘴巴向二側延展發出「ㄧ」的三聲，接著發出「ㄍㄜ」的輕聲的音。2.發出「ㄏㄟ」的四聲和「ㄎㄜ」的輕聲合成的音。將以上二個音節快速地一起唸過去。

小小叮嚀 ▶▶

- 每個音分別練熟悉之後，記得要將這二個音節快速地唸過去才會像喔！
- 要特別注意的是：尾音輕輕發出「ㄎㄜ」的輕聲，不可以太重！
- 這個發音很令人頭疼，聽聽CD跟著多唸幾次吧。

Yy 有什麼？

- **un yacht**（名詞，陽性）快艇；遊艇
  [œ̃] [jɔt]

- **un yo-yo**（名詞，陽性）溜溜球
  [œ̃] [jojo]

- **une yourte**（名詞，陰性）蒙古包
  [yn] [jurt]

- **un yoga**（名詞，陽性）瑜珈
  [œ̃] [jɔga]

說說看！

Ah ! J'y suis.（喔！我明白了。）
[ɑ] [ʒ'i] [sɥi]

CD 26

發音重點 ▶▶

舌尖輕貼上齒，發出類似「ㄗㄝ」的四聲，接著輕輕發出「ㄉㄜ」的輕聲。

Z Z z z

小小叮嚀 ▶▶

- 想像類似電流「茲茲」的聲音，快速地發出「ㄗㄝ」的四聲和「ㄉㄜ」的輕聲就可以了！
- 這個音的開頭比較像是英文「Z」的音。

Zz 有什麼？

- **un zèbre**（名詞，陽性）斑馬
  [œ̃] [zɛbr]

- **zébré**（形容詞，陽性）有條紋的；有斑紋的
  [zebre]

- **une zone**（名詞，陰性）地帶；地區
  [yn] [zo:n]

- **zippé**（形容詞，陽性）有拉鍊的
  [zipe]

說說看！

Pour moi, c'est zéro.

[pur] [mwa][s'ɛ] [zero]

（我毫不在乎這個。）

發音重點 ▶▶

這個字母其實就是「o」和「e」的連寫。當我們在拼寫單字的時候，唸作「e dans l'o」，但是在字彙中，「œ」這個字的發音音標為[œ]。

Œ Œ œ œ

小小叮嚀 ▶▶

- 這個字母看起來很奇怪，但其實它就是o和e連在一起寫，「寫寫看」多練習幾次，馬上就會順手！

Œœ 有什麼？

- **un œil**（名詞，陽性）眼睛
  [œ̃n] [œj]
- **un cœur**（名詞，陽性）心；心臟
  [œ̃] [kœ:r]

- **une sœur**（名詞，陰性）姊妹
  [yn] [sœ:r]
- **un œuf**（名詞，陽性）蛋；卵
  [œ̃n] [œf]

說說看！

Vous avez du cœur.

[vuz] [ave] [dy] [kœ:r]

（您心腸真好。）

CD 28

´

發音重點 ▷▷

只會出現在字母「e」上面，表示「é」的發音為閉口音[e]。所以當「e」的頭上，加上閉口音符「´」時，原來的發音[ɛ]要改唸作[e]。

é é

小小叮嚀 ▷▷

- 這個符號叫做「閉口音符」（l'accent aigu）。
- 「閉口音符」也可稱為「尖音符」。

ˊ 有什麼？

- **une entrée**（名詞，陰性）入口處；入場券
  [yn] [ɑ̃tre]
- **un café**（名詞，陽性）咖啡；咖啡館
  [œ̃] [kafe]

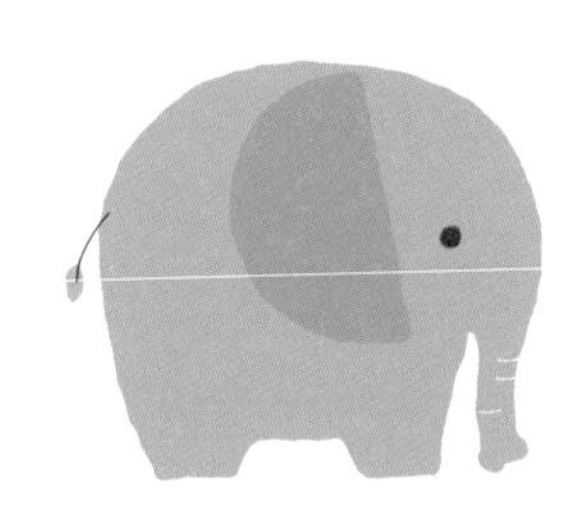

- **un éléphant**（名詞，陽性）大象
  [œ̃n] [elefɑ̃]
- **une cité**（名詞，陰性）城市
  [yn] [site]

說說看！

Bon appétit !

[bɔ̃n] [apeti]

（（用餐前）用餐愉快！）

Jour 3

CD 29

`

發音重點

當開口音符「`」出現在字母「a」、「e」、「u」上面時，「à」、「è」、「ù」分別的發音為[a]、[ɛ]、[y]。若是前後有其它母音則視情況變化，例如：「où 」[u]（在哪裡）。

À È Ù

à è ù

小小叮嚀

・這個符號叫做「開口音符」（l'accent grave）。「開口音符」也可稱為「重音符」。開口音符出現在三種字母上面：「à」、「è」、「ù」。當開口音符出現在字母「a」或「u」上面時，則是當作書寫符號，用來區別拼寫相同但意義不同的字詞。例如：「ou」（或是）和「où」（在哪裡）。

` 有什麼？

- **une bière**（名詞，陰性）啤酒
  [yn] [bjɛ:r]

- **un chèque**（名詞，陽性）支票
  [œ̃] [ʃɛk]

- **où**（副詞）在哪裡
  [u]

- **là**（副詞）那裡
  [la]

說說看！

Où vas-tu ?（你去哪裡？）
[u] [va-ty]

發音重點 ▶▶

當長音符「ˆ」出現在字母「a」、「e」、「i」、「o」、「u」上面時，「â」、「ê」、「î」、「ô」、「û」的發音分別為[ɑ]、[ɛ]、[i]、[o]、[y]。若是前後有其它母音則視情況變化，例如：「ôter」[ote]（拿走）、「bôite 」[bwat]（盒子；箱子）。

Â Ê Î Ô Û

â ê î ô û

小小叮嚀 ▶▶

- 這個符號叫做「長音符」（l'accent circonflexe）。
- 長音符出現在五種字母上面：「â」、「ê」、「î」、「ô」、「û」。
- 長音符可當作一種書寫符號，用來區分拼寫相同但意義不同的字詞。例如：「mur」（牆壁）和「mûr」（成熟的）。

^ 有什麼？

- **sûr**（形容詞，陽性）確定的；確實的
  [sy:r]
- **un vêtement**（名詞，陽性）衣服；服裝
  [œ̃] [vɛtmɑ̃]

- **un bâtiment**（名詞，陽性）建築物
  [œ̃] [batimɑ̃]
- **une bôite**（名詞，陰性）盒子；箱子
  [yn] [bwat]

說說看！

Bien sûr !（當然！）
[bjɛ̃] [sy:r]

¨

發音重點

當字母「e」、「i」、「u」上方出現分音符「¨」時，「ë」、「ï」、「ü」分別的發音為[ɛ]、[i]、[y]。若前後有其它母音，發音維持不變，不需要和前後母音做變化。

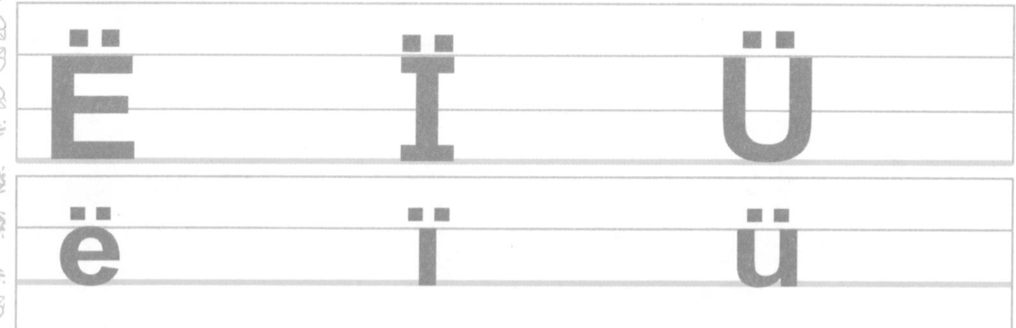

小小叮嚀

- 這個符號叫做「分音符」（le tréma）。
- 分音符出現在三種字母上面：「ë」、「ï」、「ü」。
- 當分音符加在字母上時，表示要與前一個母音分開發音。例如：「naïf」[naif]（天真的）。

¨ 有什麼？

- **Noël**（名詞，陽性）聖誕節
  [nɔɛl]

- **un taïwanais**（名詞，陽性）台灣人
  [œ̃] [taiwanɛ]

- **naïf**（形容詞，陽性）天真的
  [naif]

- **un païen**（名詞，陽性）異教徒；不信教的人
  [œ̃] [pajɛ̃]

說說看！

Joyeux Noël !（聖誕快樂！）
[ʒwajø] [nɔɛl]

CD 32

發音重點 ▶▶

當字母「C」遇到後面母音為「a」、「o」、「u」時，要在「C」下面加上軟音符「¸」才能發出[s]的音。例如：「façade」、「garçon」。

小小叮嚀 ▶▶

- 這個符號叫做「軟音符」（la cédille）。
- 軟音符只會出現在字母「C」下面，像個小尾巴。
- 字母「C」有[k]和[s]二種發音。當字母「C」要發[s]的音時，我們會在「C」下面加上軟音符，以作區分。
- 千萬記得，若是字母「C」在「a」、「o」、「u」前，此時字母「C」發[k]的音；但是如果字母「C」的下方看見小尾巴，那麼字母「C」則要改為[s]的音唷！例如：「façade」[fasad]（外觀）。

¸ 有什麼？

- **une leçon**（名詞，陰性）課；課程
  [yn] [ləsɔ̃]
- **un garçon**（名詞，陽性）男孩
  [œ̃] [garsɔ̃]
- **français**（形容詞，陽性）法國的；法語的
  [frɑ̃sɛ]
- **déçu**（形容詞，陽性）失望的；未實現的
  [desy]

說說看！

Comme ci, comme ça.

[kɔm] [si] [kɔm] [sa]

（馬馬虎虎。）

Français

Jour 4~5
（第四天～第五天）

在第四天和第五天，我們將要踏出法文的第二步，學習日常生活中實用的基本單字，並帶入簡單例句，讓您學習更加有效率！此外，在每一小單元之後還有小練習「一起來用法文吧」，好玩又好學習，讓您記法文單字更容易！

Jour4（第四天）學習內容：實用單字1

1. Le temps et la saison 時間與季節
2. Les chiffres 數字
3. La nationalité 國籍
4. La profession 職業
5. La famille 家庭成員
6. La couleur 顏色

Jour5（第五天）學習內容：實用單字2

7. Le logement 住所
8. Les objets du quotidien 生活用品
9. L'environnement 生活場所
10. Le transport 交通運輸
11. Le corps 身體部位
12. La gastronomie 飲食

Jour4~5（第四天~第五天）學習要點

經過前三天的學習，對法文已經有些基本概念了吧！接下來的第四天和第五天要介紹一些日常生活常用單字給您，不但在生活中隨處可見隨時可以複習，還會帶入簡單例句，使單字更加活用！伴隨著單元還有小小練習「一起來用法文吧」，馬上可以檢視您的學習進度，也能幫助您加深對單字的印象！簡易、輕鬆又活潑的內容，一改「只要背單字就會開始打呵欠」的無聊形式，好學又好玩！相信您一定能開開心心學法文，收穫滿滿！

在第四天和第五天的學習內容中要注意的是：

1. 單字前的定冠詞會隨著單字詞性做變化，若單字為陽性時，定冠詞為「le」；若單字為陰性時，定冠詞為「la」；若遇到母音開頭或是啞音「h」開頭的單字，別忘了要改成「l'」並和單字縮寫在一起；若遇到複數名詞，不分陰陽性，定冠詞都用「les」。

詞性／單字	單數		複數
	陽性	陰性	陽性 + 陰性
一般單字	le	la	les
母音開頭或啞音「h」開頭的單字	l'	l'	les

2. 在「國籍」和「職業」的單元中，單字的中文翻譯後有標示「（男 / 女）」，是要提醒您，當您要形容男生或女生時，所用的單字不同。如果沒有特別標記，則表示男女生使用同一個單字。

範例：

taïwanais / taïwanaise
[taiwanɛ] / [taiwanɛ:z]
台灣人（男 / 女）

3. 本書配合單元內容做單字代換的例句練習，讓您不僅能活用單字，更能熟悉實用句型！例句中的咖啡色字為可做單字代換的部分。

範例：

J'aime l'orange.
[ʒ'ɛm] [l'ɔrɑ̃:ʒ]
我喜歡橘色。

實用單字 01

Le temps et la saison

時間與季節

l'an / l'année
[l'ɑ̃] / [l'ane]
年

la saison
[lɑ] [sɛzɔ̃]
季節

le printemps
[lə] [prɛ̃tɑ̃]
春

l'été
[l'ete]
夏

l'automne
[l'ɔtɔn]
秋

l'hiver
[l'ivɛ:r]
冬

le mois
[lə] [mwa]
月

janvier
[ʒɑ̃vje]
一月

février
[fevrie]
二月

mars
[mars]
三月

avril
[avril]
四月

mai
[mɛ]
五月

juin
[ʒɥɛ̃]
六月

juillet
[ʒɥijɛ]
七月

août
[ut]
八月

septembre
[sɛptɑ̃:br]
九月

octobre
[ɔktɔbr]
十月

novembre
[nɔvɑ̃:br]
十一月

décembre
[desɑ̃:br]
十二月

la semaine
[lɑ] [səmɛn]
一星期；一週

dimanche
[dimɑ̃:ʃ]
星期日

lundi
[lœ̃di]
星期一

mardi
[mardi]
星期二

mercredi
[mɛrkrədi]
星期三

jeudi
[ʒødi]
星期四

vendredi
[vɑ̃drədi]
星期五

samedi
[samdi]
星期六

le jour
[lə] [ʒu:r]
一天

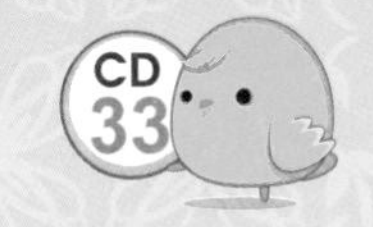

le petit matin
[lə] [pəti] [matɛ̃]
清晨

le matin
[lə] [matɛ̃]
上午；早晨

le midi
[lə] [midi]
中午；正午

l'après-midi
[l'aprɛmidi]
下午

le soir
[lə] [swa:r]
傍晚

la nuit
[lɑ] [nɥi]
晚上；夜間

le minuit
[lə] [minɥi]
午夜；半夜

hier
[jɛ:r]
昨天

aujourd'hui
[oʒurdɥi]
今天

demain
[dəmɛ̃]
明天

一起來用法語吧！

1. 請將下列情況和它發生的正確月份連起來：

元旦・	・septembre
教師節・	・avril
畢業典禮・	・octobre
雙十節・	・janvier
愚人節・	・juin

2. 請將下列情境和正確的時間連在一起：

晨跑・	・dimanche
灰姑娘打回原形・	・le petit matin
星期一，猴子穿新衣！・	・l'après-midi
下午茶時間！・	・le minuit
母親節快樂！・	・lundi

解答 ▶▶ P.186

實用單字 02

CD 34

Les chiffres
數字

zéro
[zero]
0

un
[œ̃]
1

deux
[dø]
2

trois
[trwa]
3

quatre
[katr]
4

cinq
[sɛ̃:k]
5

six
[sis]
6

sept
[sɛt]
7

huit
[ɥit]
8

neuf
[nœf]
9

dix [dis] 10	**onze** [ɔ̃:z] 11
douze [du:z] 12	**treize** [trɛ:z] 13
quatorze [katɔrz] 14	**quinze** [kɛ̃:z] 15
seize [sɛ:z] 16	**dix-sept** [disɛt] 17
dix-huit [dizɥit] 18	**dix-neuf** [diznœf] 19

vingt
[vɛ̃]
20

vingt et un
[vɛ̃t] [e] [œ̃]
21

vingt-deux
[vɛ̃tdø]
22

vingt-trois
[vɛ̃ttrwa]
23

vingt-quatre
[vɛ̃tkatr]
24

vingt-cinq
[vɛ̃tsɛ̃:k]
25

vingt-six
[vɛ̃tsis]
26

vingt-sept
[vɛ̃tsɛt]
27

vingt-huit
[vɛ̃tɥit]
28

vingt-neuf
[vɛ̃tnœf]
29

trente
[trɑ̃:t]
30

trente et un
[trɑ̃:t] [e] [œ̃]
31

trente-deux
[trɑ̃:tdø]
32

quarante
[karɑ̃:t]
40

cinquante
[sɛ̃kɑ̃:t]
50

soixante
[swasɑ̃:t]
60

soixante-dix
[swasɑ̃:tdis]
70

quatre-vingts
[katrəvɛ̃]
80

quatre-vingt-dix
[katrəvɛ̃dis]
90

cent
[sɑ̃]
100

❶ 法文數字很特別，需要用到一些加法和乘法的概念，話雖如此但是其實並不難，只要花些時間就能熟悉它們囉！數字「0」到「16」的部分，只需要多背誦就能記起它們，從數字「17」開始是需要數學概念的部分了：

17（dix-sept）= 10（dix）+ 7（sept），「18、19」依此類推。

❷ 21（vingt et un）意即「20和1」，「31、41、51、61、81」依此類推。

22（vingt-deux）= 20（vingt）+ 2（deux），「23、24、……、29」依此類推。而「32~39、42~49、52~59、62~69、82~89」也按此規則變化。

70（soixante-dix）= 60（soixante）+ 10（dix）

71（soixante et onze）意即「60和11」。

72（soixante douze）= 60（soixante）+ 12（douze），「73、74、……、79」依此類推。

80（quatre-vingts）= 4（quatre）x 20（vingt）

90（quatre-vingt-dix）= 4（quatre）x 20（vingt）+ 10（dix）

91（quatre-vingt-onze）= 4（quatre）x 20（vingt）+ 11（onze），「91、92、……、99」依此類推。

一起來用法語吧！

1. 下列有六個數字和一個字母方格，請找出它們並且圈起來！

「cinq」、「quatre」、「huit」、「neuf」、「dix」、「douze」

C	A	X	H	Y	E
I	D	O	U	Z	E
N	Y	D	I	X	P
Q	U	A	T	R	E
J	W	O	U	H	L
O	N	E	U	F	M

2. 請將下列左右兩邊相同的數連起來，並在右邊底線部分填上正確的數字寫法。

cinquante（50）+ un（1）・——・51 cinquante et un

trente（30）– deux（2）・ ・99 ______

cent（100）– un（1）・ ・28 ______

quarante（40）– cinq（5）・ ・77 ______

soixante-dix（70）+ sept（7）・ ・35 ______

解答▶▶P.186、P.187

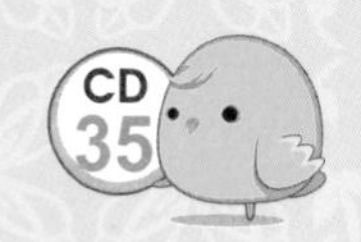

實用單字 03

La nationalité
國籍

Je suis taïwanaise.
[ʒə] [sɥi] [taiwanɛ:z]
我是台灣人（女）。

taïwanais / taïwanaise
[taiwanɛ] / [taiwanɛ:z]
台灣人（男 / 女）

français / française
[frɑ̃sɛ] / [frɑ̃sɛ:z]
法國人（男 / 女）

chinois / chinoise
[ʃinwa] / [ʃinwa:z]
中國人（男 / 女）

italien / italienne
[italjɛ̃] / [italjɛn]
義大利人（男 / 女）

japonais / japonaise
[ʒapɔnɛ] / [ʒapɔnɛ:z]
日本人（男 / 女）

espagnol / espagnole
[ɛspaɲɔl] / [ɛspaɲɔl]
西班牙人（男 / 女）

coréen / coréenne
[kɔreɛ̃] / [kɔreɛn]
韓國人（男 / 女）

portugais / portugaise
[pɔrtygɛ] / [pɔrtygɛ:z]
葡萄牙人（男 / 女）

anglais / anglaise
[ɑ̃glɛ] / [ɑ̃glɛ:z]
英國人（男 / 女）

allemand / allemande
[almɑ̃] / [almɑ̃:d]
德國人（男 / 女）

russe
[rys]
俄國人

américain / américaine
[amerikɛ̃] / [amerikɛn]
美國人（男 / 女）

brésilien / brésilienne
[breziljɛ̃] / [breziljɛn]
巴西人（男 / 女）

canadien / canadienne
[kanadjɛ̃] / [kanadjɛn]
加拿大人（男 / 女）

indien / indienne
[ɛ̃djɛ̃] / [ɛ̃djɛn]
印度人（男 / 女）

africain / africaine
[afrikɛ̃] / [afrikɛn]
非洲人（男 / 女）

belge
[bɛlʒ]
比利時人

suisse
[sɥis]
瑞士人

一起來用法語吧！

1. 請將下列電影角色和他 / 她的正確國籍連起來。

「哈利波特」哈利波特・	・une coréenne
「艋舺」Geta老大・	・une française
「葉問」葉問師傅・	・un anglais
「大長今」長今・	・un chinois
「艾蜜莉的異想世界」艾蜜莉・	・un taïwanais

解答 ▶▶ P.187

La profession
職業

Jour 4

Je suis écrivain.
[ʒə] [sɥiz] [ekrivɛ̃]
我是作家（男）。

professeur / femme professeur
[prɔfɛsœ:r] / [fam] [prɔfɛsœ:r]
老師；教授（男 / 女）

étudiant / étudiante
[etydjɑ̃] / [etydjɑ̃:t]
學生（男 / 女）

médecin / femme médecin
[medəsɛ̃] / [fam] [medəsɛ̃]
醫生（男 / 女）

dentiste
[dɑ̃tist]
牙醫

pharmacien / pharmacienne
[farmasjɛ̃] / [farmasjɛn]
藥劑師（男 / 女）

infirmier / infirmière
[ɛ̃firmje] / [ɛ̃firmjɛ:r]
護士（男 / 女）

écrivain / femme écrivain
[ekrivɛ̃] / [fam] [ekrivɛ̃]
作者（男 / 女）

interprète
[ɛ̃tɛrprɛt]
口譯員

ingénieur / femme ingénieur
[ɛ̃ʒenjœ:r] / [fam] [ɛ̃ʒenjœ:r]
工程師（男 / 女）

fonctionnaire
[fɔ̃ksjɔnɛ:r]
公務員

informaticien / informaticienne
[ɛ̃fɔrmatisjɛ̃] / [ɛ̃fɔrmatisjɛn]
資訊工程師（男 / 女）

secrértaire
[səkretɛ:r]
秘書

cuisinier / cuisinière
[kɥizinje] / [kɥizinjɛ:r]
廚師（男 / 女）

serveur / serveuse
[sɛrvœ:r] / [sɛrvø:z]
服務生（男 / 女）

vendeur / vendeuse
[vɑ̃dœ:r] / [vɑ̃dø:z]
售貨員；店員（男 / 女）

pilote
[pilɔt]
飛行員

steward
[stjuart]
空服員（男）

hôtesse de l'air
[ɔtɛs] [də] [l'ɛ:r]
空服員（女）

1. 請試著將左邊陽性單字改為陰性，若陰陽性同字則維持不變。

cuisinier → cuisinière

étudiant → ____________________

serveur → ____________________

secrétaire → ____________________

ingénieur → ____________________

解答 ▷▷ P.187

實用單字 05

La famille
家庭成員

Je vous présente ma mère.
[ʒə] [vu] [prezɑ̃t] [ma] [mɛːr]
我向您介紹我的母親。

l'homme
[l'ɔm]
男人；丈夫

la femme
[lɑ] [fam]
女人；妻子

le père
[lə] [pɛːr]
父親

la mère
[lɑ] [mɛːr]
母親

le papa
[lə] [papɑ]
爸爸

la maman
[lɑ] [mamɑ̃]
媽媽

le grand-père
[lə] [grɑ̃pɛːr]
祖父；外祖父

la grand-mère
[lɑ] [grɑ̃mɛːr]
祖母；外祖母

Jour 4

le pépé [lə] [pepe] 爺爺；外公	**la mémé** [lɑ] [meme] 奶奶；外婆
le fils [lə] [fis] 兒子	**la fille** [lɑ] [fij] 女兒
le petit-fils [lə] [pətifis] 孫子；外孫	**la petite-fille** [lɑ] [pətitfij] 孫女；外孫女
l'oncle [l'ɔ̃:kl] 叔叔；伯父；姑丈；姨丈；舅舅	**la tante** [lɑ] [tɑ̃:t] 嬸嬸；伯母；姑姑；阿姨；舅媽
le cousin [lə] [kuzɛ̃] 表兄弟；堂兄弟	**la cousine** [lɑ] [kuzin] 表姊妹；堂姊妹

1. 下列有一棵家庭樹，請依照親戚關係填入適當的稱謂。

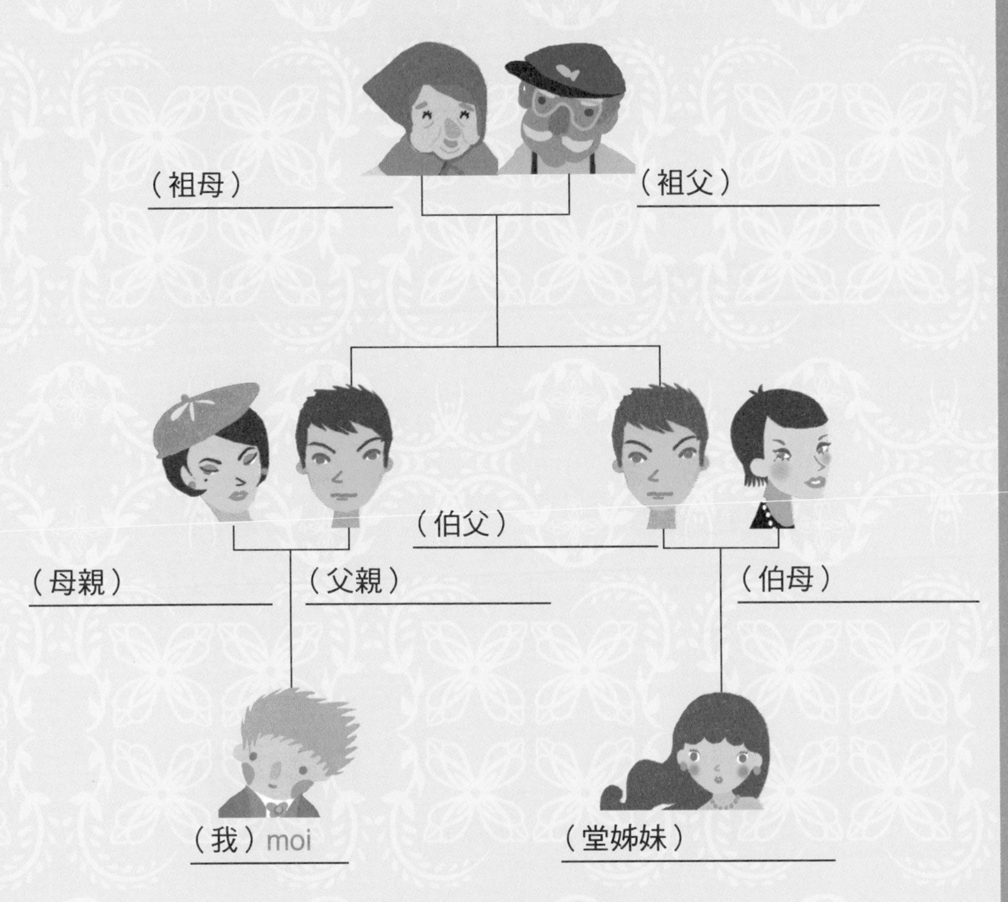

解答▶▶P.188

La couleur
顏色

J'aime l'orange.
[ʒ'ɛm] [l'ɔrɑ̃:ʒ]
我喜歡橘色。

le rouge
[lə] [ru:ʒ]
紅色

l'orange
[l'ɔrɑ̃:ʒ]
橙色

le jaune
[lə] [ʒo:n]
黃色

le vert
[lə] [vɛ:r]
綠色

le bleu
[lə] [blø]
藍色

l'indigo
[l'ɛ̃digo]
靛色

le violet
[lə] [vjɔlɛ]
紫色

le kaki
[lə] [kaki]
卡其色

l'or
[l'ɔ:r]
金色

l'argenté
[l'arʒɑ̃te]
銀色

le noir
[lə] [nwa:r]
黑色

le blanc
[lə] [blɑ̃]
白色

le gris
[lə] [gri]
灰色

le brun
[lə] [brœ̃]
棕色

le marron
[lə] [marɔ̃]
栗色

le beige
[lə] [bɛ:ʒ]
米色

le rose
[lə] [ro:z]
粉紅色；玫瑰紅

le marine
[lə] [marin]
水藍色；海軍藍

一起來用法語吧！

1. 下列有一道彩虹，請按照顏色分別寫出正確的法文單字。

（紅色）________

（橙色）________

（黃色）________

（綠色）________

（藍色）________

（靛色）________

（紫色）________

解答 ▶▶ P.188

Le logement
住所

la porte [lɑ] [pɔrt] 門	**la fenêtre** [lɑ] [fənɛtr] 窗戶
le salon [lə] [salɔ̃] 客廳	**la salle à manger** [lɑ] [sal] [a] [mɑ̃ʒe] 餐廳
la cuisine [lɑ] [kɥizin] 廚房	**la salle de bain** [lɑ] [sal] [də] [bɛ̃] 浴室
les toilettes [le] [twalɛt] 廁所	**la chambre** [lɑ] [ʃɑ̃:br] 房間；臥室
le balcon [lə] [balkɔ̃] 陽台	**le garage** [lə] [gara:ʒ] 車庫

le couloir
[lə] [kulwa:r]
走廊；通道

la table
[lɑ] [tabl]
桌

la chaise
[lɑ] [ʃɛ:z]
椅

le canapé
[lə] [kanape]
長沙發

la télévision
[lɑ] [televizjɔ̃]
電視機

le lit
[lə] [li]
床

le réfrigérateur
[lə] [refriʒeratœ:r]
冰箱

la machine à laver
[lɑ] [maʃin] [a] [lave]
洗衣機

la baignoire
[lɑ] [bɛɲwa:r]
浴缸

la douche
[lɑ] [duʃ]
蓮蓬頭；淋浴設備

❶ 注意唷！「les toilettes」（廁所）這個詞一定要用「複數」才正確！

❷ 在日常生活中，「la télévision」（電視機）常簡稱為「la télé」[lɑ] [tele]。

❸ 在口語上，「le réfrigérateur」（冰箱）可以簡單地說成「le frigo」[lə] [frigo]。

1. 下列有五個情境，請按照左邊內容和右邊的單字做連接。

過年要到了，該貼春聯囉！・	・la cuisine
上班真累，來泡個牛奶浴吧！・	・les toilettes
開飯囉！・	・la salle à manger
肚子好痛……・	・la baignoire
吃飽了要幫媽媽洗碗喔！・	・la porte

解答 ▶▶ P.189

實用單字 08

Les objets du quotidien

生活用品

l'horloge [l'ɔrlɔ:ʒ] 時鐘	**le réveil** [lə] [revɛj] 鬧鐘
la tasse [lɑ] [tɑ:s] （有握把的）杯子	**le verre** [lə] [vɛ:r] 玻璃杯
le sac à main [lə] [sak] [a] [mɛ̃] 女用手提包	**la clé** [lɑ] [kle] 鑰匙
le portefeuille [lə] [pɔrtəfœj] 皮夾	**le porte-monnaie** [lə] [pɔrtmɔnɛ] 零錢包
le parapluie [lə] [paraplɥi] 雨傘	**le mouchoir de papier** [lə] [muʃwa:r] [də] [papje] 紙巾

la crème solaire
[lɑ] [krɛm] [sɔlɛ:r]
防曬乳

la montre
[lɑ] [mɔ̃:tr]
手錶

les lunettes
[le] [lynɛt]
眼鏡

les lunettes de soleil
[le] [lynɛt] [də] [sɔlɛj]
太陽眼鏡

le téléphone
[lə] [telefɔn]
電話

le téléphone mobile
[lə] [telefɔn] [mɔbil]
手機

l'ordinateur portable
[l'ɔrdinatœ:r] [pɔrtabl]
筆記型電腦

le transformateur
[lə] [trɑ̃sfɔrmatœ:r]
變壓器

l'adaptateur
[l'adaptatœ:r]
轉接插頭

le stylo
[lə] [stilo]
筆

le papier
[lə] [papje]
紙

le cahier
[lə] [kaje]
筆記本

l'agenda
[l'aʒɛ̃da]
記事本

les ciseaux
[le] [sizo]
剪刀

le scotch
[lə] [skɔtʃ]
膠帶

le miroir
[lə] [mirwa:r]
鏡子

le peigne
[lə] [pɛɲ]
梳子

le séchoir à cheveux
[lə] [seʃwa:r] [a] [ʃəvø]
吹風機

la serviette
[lɑ] [sɛrvjɛt]
毛巾

les serviettes hygiéniques
[le] [sɛrvjɛt] [iʒjenik]
衛生棉

le dentifrice
[lə] [dɑ̃tifris]
牙膏

la brosse à dents
[lɑ] [brɔs] [a] [dɑ̃]
牙刷

le savon
[lə] [savɔ̃]
肥皂

le gel douche
[lə] [ʒɛl] [duʃ]
沐浴精

la crème nettoyante
[lɑ] [krɛm] [nɛtwajɑ̃t]
洗面乳

le shampooing
[lə] [ʃɑ̃pwɛ̃]
洗髮精

l'après-shampooings
[l'aprɛʃɑ̃pwɛ̃]
潤髮乳

la lotion
[lɑ] [losjɔ̃]
化妝水

le lait
[lə] [lɛ]
乳液

le masque
[lə] [mask]
面膜

❶ 在日常生活中，「le transformateur」（變壓器）可以簡單地說成：「le transfo」[lə] [trɑ̃sfo]。

❷「le scotch」（膠帶）是來自英國的外來字，直接取其商標名稱「Scotch」當作「膠帶」的法文字。

❸「le séchoir à cheveux」（吹風機）也稱作「le sèche-cheveux」[lə] [sɛʃʃəvø]。

1. 下列有五個情境，請按照左邊內容和右邊的物品做連接。

先生，請問幾點鐘了？・	・le réveil
今天會下雨喔！・	・la crème solaire
希望明天不要又睡過頭了！・	・la parapluie
太陽好大，眼睛都睜不開了！・	・la montre
我不想曬黑……・	・les lunettes de soleil

2. 請根據下列動作，寫出需要使用的物品。

拆包裹 → les ciseaux

梳頭髮 → ________________

擦身體 → ________________

洗臉 → ________________

吹頭髮 → ________________

解答 ▶▶ P.189

Jour 5

L'environnement

生活場所

Je voudrais allez à la piscine.
[ʒə] [vudrɛz] [ale] [a] [lɑ] [pisin]
我想去游泳池。

l'aéroport
[l'aerɔpɔ:r]
機場

la gare
[lɑ] [ga:r]
火車站

la station de métro
[lɑ] [stasjɔ̃] [də] [metro]
地鐵站；捷運站

la station de taxi
[lɑ] [stasjɔ̃] [də] [taksi]
計程車站

l'arrêt d'autobus
[l'arɛ] [d'ɔtɔbys]
公車站牌

le parc
[lə] [park]
停車場

la station d'essence
[lɑ] [stasjɔ̃] [d'esɑ̃:s]
加油站

la police
[lɑ] [pɔlis]
警察局

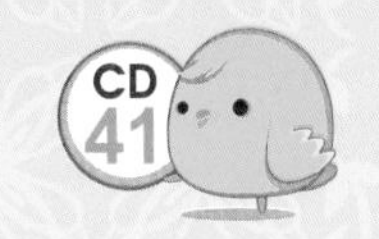

la mairie
[lɑ] [mɛri]
市政府

l'ambassade
[l'ɑ̃basad]
大使館

la banque
[lɑ] [bɑ̃:k]
銀行

la poste
[lɑ] [pɔst]
郵局

l'hôpital
[l'ɔpital]
醫院

la pharmacie
[lɑ] [farmasi]
藥局

l'école
[l'ekɔl]
學校

la bibliothèque
[lɑ] [bibliɔtɛk]
圖書館

la piscine
[lɑ] [pisin]
游泳池

le jardin public
[lə] [ʒardɛ̃] [pyblik]
公園

le jardin zoologique
[lə] [ʒardɛ̃] [zɔɔlɔʒik]
動物園

le musée
[lə] [myze]
博物館

le temple
[lə] [tɑ̃:pl]
寺廟

l'église
[l'egli:z]
教堂

le grand magasin
[lə] [grɑ̃] [magazɛ̃]
百貨公司

le restaurant
[lə] [rɛstɔrɑ̃]
餐廳

le café
[lə] [kafe]
咖啡店

le tabac
[lə] [taba]
香菸店

le cinéma
[lə] [sinema]
電影院

le théâtre
[lə] [teɑ:tr]
戲劇院

l'agence de voyages
[l'aʒɑ̃:s] [də] [vwaja:ʒ]
旅行社

l'hôtel
[l'ɔtɛl]
旅館

l'hypermarché
[l'ipɛrmarʃe]
量販店

le supermarché
[lə] [sypɛrmarʃe]
超級市場

le marché
[lə] [marʃe]
市場；市集

le marché de nuit
[lə] [marʃe] [də] [nɥi]
夜市

le marché aux puces
[lə] [marʃe] [o] [pys]
跳蚤市場

la librairie
[lɑ] [librɛri]
書店；出版社

la boulangerie
[lɑ] [bulɑ̃ʒri]
麵包店

la pâtisserie
[lɑ] [pɑtisri]
糕點店；點心店

❶ 日常生活中，「le jardin zoologique」（動物園）簡短地說「le zoo」[lə] [zo]就可以了！

❷ 在巴黎左岸有很多文人（作家、藝術家）聚集的咖啡店，稱作「le café littéraire」或「le café artistique」。

❸ 在法國有很多賣香菸的小店鋪，甚至在咖啡店內也會有販售香菸的櫃檯，稱作「le café-tabac」。在法國電影「艾蜜莉的異想世界」（Le Fabuleux Destin D'Amélie Poulain）中，女主角工作的場所就是這類型的咖啡店喔！

❹「le marché de nuit」（夜市）當然是屬於台灣特有的文化囉！試著用法文和外國朋友好好介紹一番吧！

1. 請按照下列人物的身分，填上適合的工作場所：

游泳教練 → la piscine

藥劑師 → ________

護士 → ________

郵差 → ________

校長 → ________

2. 下列有五種情境，請根據內容連到正確的場所。

今天下雨，那我們改去看電影吧！・	・le jardin zoologique
我想買《信不信由你　一週開口說法語》！・	・le cinéma
這週末我們全家要去看團團圓圓！・	・le musée
我想去巴黎，需要旅遊規劃一下。・	・la librairie
我想去看古文物展。・	・l'agence de voyages

解答 ▶▶ P.190

實用單字 10

Le transport
交通運輸

Je prends le taxi.
[ʒə] [prɑ̃] [lə] [taksi]
我搭計程車。

la bicyclette
[lɑ] [bisiklɛt]
腳踏車

la motocyclette
[lɑ] [mɔtɔsiklɛt]
摩托車

la voiture
[lɑ] [vwaty:r]
汽車

la voiture de sport
[lɑ] [vwaty:r] [də] [spɔ:r]
跑車

le taxi
[lə] [taksi]
計程車

l'autobus
[l'ɔtɔbys]
公共汽車

l'autocar
[l'ɔtɔka:r]
遊覽車

le métro
[lə] [metro]
地鐵；捷運

le train
[lə] [trɛ̃]
火車

le T.G.V.
[lə] [teʒeve]
磁浮列車

le camion
[lə] [kamjɔ̃]
卡車

le camion de pompier
[lə] [kamjɔ̃] [də] [pɔ̃pje]
消防車

la voiture de police
[lɑ] [vwaty:r] [də] [pɔlis]
警車

l'ambulance
[l'ɑ̃bylɑ̃:s]
救護車

le bateau
[lə] [bato]
船

le yacht
[lə] [jɔt]
遊艇

l'avion
[l'avjɔ̃]
飛機

l'hélicoptère
[l'elikɔptɛ:r]
直升機

❶「la motocyclette」（摩托車）也可以簡單地說成「la moto」[lɑ] [mɔto]。

❷「le T.G.V.」（磁浮列車）是「le train à grande vitesse」的縮寫，字面上翻譯為「很高速的火車」。

1. 請根據下列人物的身分，填上相對應的交通運輸工具：

警察 → la voiture de police

消防員 → ____________________

船長 → ____________________

機長 → ____________________

公車司機 → ____________________

解答 ▷▷ P.190

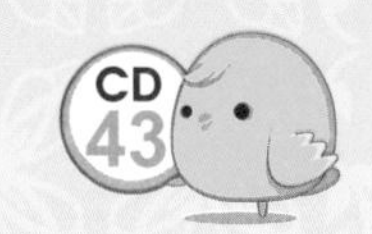

實用單字 11

Le corps
身體部位

la tête
[lɑ] [tɛt]
頭

les cheveux
[le] [ʃəvø]
頭髮

le visage
[lə] [viza:ʒ]
臉

le front
[lə] [frɔ̃]
額頭

le sourcil
[lə] [sursil]
眉毛

les paupières
[le] [pɔpjɛ:r]
眼皮；眼瞼

l'œil / les yeux
[l'œj] / [lez] [jø]
眼睛（單數 / 複數）

le cil
[lə] [sil]
睫毛

le nez
[lə] [ne]
鼻子

la joue
[lɑ] [ʒu]
臉頰

l'oreille [l'ɔrɛj] 耳朵	la bouche [lɑ] [buʃ] 嘴巴
la lèvre [lɑ] [lɛ:vr] 嘴唇	la dent [lɑ] [dɑ̃] 牙齒
la langue [lɑ] [lɑ̃:g] 舌頭	le menton [lə] [mɑ̃tɔ̃] 下巴
la peau / les peaux [lɑ] [po] / [le] [po] 皮膚（單數 / 複數）	le membre [lə] [mɑ̃:br] 肢
le cou [lə] [ku] 脖子	la gorge [lɑ] [gɔrʒ] 喉嚨

les épaules
[lez] [epo:l]
肩膀

le bras
[lə] [bra]
手臂

le coude
[lə] [kud]
手肘

le poignet
[lə] [pwaɲɛ]
手腕

la main
[lɑ] [mɛ̃]
手

le doigt
[lə] [dwa]
手指

l'ongle
[l'ɔ̃:gl]
指甲

la poitrine
[lɑ] [pwatrin]
胸膛

le sein
[lə] [sɛ̃]
乳房

le ventre
[lə] [vɑ̃:tr]
腹部；肚子

le nombril
[lə] [nɔ̃bril]
肚臍

la hanche
[lɑ] [ɑ̃:ʃ]
髖部

la cuisse
[lɑ] [kɥis]
大腿

le genou
[lə] [ʒənu]
膝蓋

la jambe
[lɑ] [ʒɑ̃:b]
腿部；小腿

la cheville
[lɑ] [ʃəvij]
腳踝

le pied
[lə] [pje]
腳；足

le dos
[lə] [do]
背

la taille
[lɑ] [tɑ:j]
腰

les fesses
[le] [fɛs]
臀部

1. 請在下方空格處，填上身體部位的法文名稱。

（頭髮）________________

（臉）________________

（耳朵）________________

（眼睛）________________

（嘴巴）________________

（脖子）________________

解答 ▷▷ P.191

2. 請看下圖，並按照身體部位，填上正確的法文名稱。

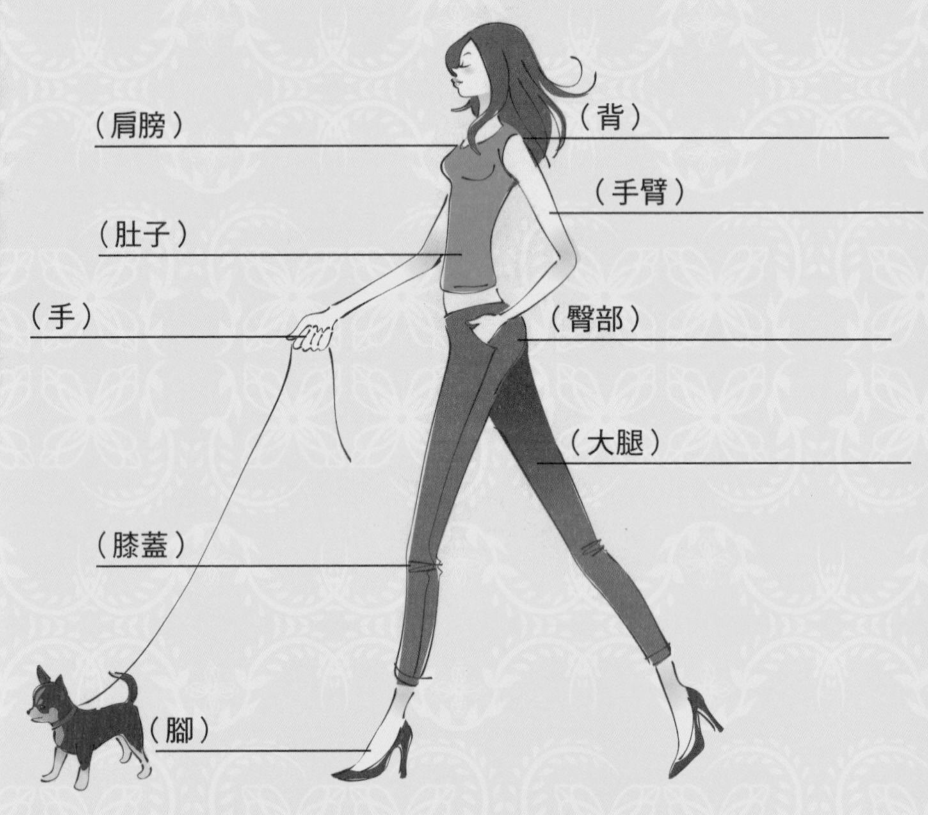

解答 ▶▶ P.191

實用單字 12

La gastronomie
飲食

l'apéritif [l'aperitif] 開胃酒	l'entrée [l'ɑ̃tre] 前菜
l'hors-d'œuvre [l'ɔrdœ:vr] 冷盤	le potage [lə] [pɔta:ʒ] 湯
le plat principal [lə] [pla] [prɛ̃sipal] 主菜	le plat du jour [lə] [pla] [dy] [ʒu:r] 今日特餐
le dessert [lə] [desɛ:r] 甜點	le vin rouge [lə] [vɛ̃] [ru:ʒ] 紅葡萄酒
le vin blanc [lə] [vɛ̃] [blɑ̃] 白葡萄酒	le vin rosé [lə] [vɛ̃] [roze] 玫瑰葡萄酒；粉紅葡萄酒

le champagne
[lə] [ʃɑ̃paɲ]
香檳

le cidre
[lə] [sidr]
蘋果酒

la quiche
[lɑ] [kiʃ]
鹹派

la crêpe
[lɑ] [krɛp]
可麗餅

la truffe
[lɑ] [tryf]
松露

le macaron
[lə] [makarɔ̃]
馬卡龍

la crème brûlée
[lɑ] [krɛm] [bryle]
焦糖烤布丁

le foie gras
[lə] [fwa] [grɑ]
鵝肝醬

le caviar
[lə] [kavja:r]
魚子醬

la fondue
[lɑ] [fɔ̃dy]
乳酪火鍋

1. 下列有五個單字，請在下方字母表格裡找出它們，並且將它們圈起來。

「champagne」、「macaron」、「potage」、「truffe」、「quiche」

O	A	I	P	S	K	Y	E	T	K
Z	R	M	M	Q	U	I	C	H	E
I	P	K	A	W	T	F	O	R	A
S	P	I	A	C	T	P	K	O	D
P	U	P	O	T	A	G	E	Q	S
L	K	E	R	O	X	R	I	T	T
T	R	U	F	F	E	Y	O	A	H
Q	C	H	A	M	P	A	G	N	E
O	E	C	I	I	O	L	Z	Z	L
I	Q	D	H	A	W	R	A	T	F

解答▶▶P.191

Français

Jour 6~7

（第六天～第七天）

記熟基本字母和實用單字之後，第六天和第七天將要學習更深入一點的法文，也就是超實用的生活會話，搭配「換個詞說說看」、「法文小教學」和「動詞變化」，信不信由你，一週就能開口說法文！

Jour6（第六天）學習內容：生活會話1

1. Enchanté !（1）幸會！（1）
2. Enchanté !（2）幸會！（2）
3. Je voudrais te connaître davantage !（1）我還想多認識你一些！（1）
4. Je voudrais te connaître davantage !（2）我還想多認識你一些！（2）
5. Un coup de téléphone... 電話來了……

Jour7（第七天）學習內容：生活會話2

6. Trouver un endroit pour se balader ! 找個地方逛逛！
7. On est où là ? 我到底在哪裡啊？
8. Qu’est-ce qu’on prend ? 吃點什麼好呢？
9. Faire ses courses ! 購物去！
10. Je ne suis pas bien... 我有點不舒服……

在第六天和第七天中，將延續第四天和第五天的實用單字，進入到日常生活會話中。搭配「換個詞說說看」、「法文小教學」和「動詞變化」，簡單的會話也能讓您對法文有更多的了解和認識！別擔心自己是否唸得準確，只要跟著CD裡的法籍老師一起唸，您也能說的跟法國人一樣標準喔！

在第六天和第七天的學習內容中要注意的是：

1. 每篇會話中挑選出重要例句做代換單字的練習，一來能讓您了解如何妥善運用第四天和第五天所學到的單字，二來使您能活用句型做不同的變化。例句會以「咖啡色字」呈現，並在「換個詞說說看」中做延伸練習，還會搭配「小叮嚀！」來提醒您使用句型時該注意的細節。

範例：Je vous présente **ma petite sœur**, Annie.
讓我向您介紹我的妹妹，安妮。

2. 主詞「je」（我）在遇到以母音開頭或是啞音「h」開頭的動詞單字時，必須寫成「j'」，並和後面的動詞單字縮寫在一起，例如：「je ai」→「j'ai」（我有）。

3.「動詞變化」的內容中，會教您幾個常用的動詞和它的動詞變化。在法文裡，動詞需要隨著主詞做變化，不同的主詞要搭配不同的動詞變化，所以動詞變化非常基本也特別的重要！跟著CD常常練習和背誦，就能把它記牢囉！

4. 千萬要記得陰陽性的變化！尤其是以「je」（我）開頭、陳述自己狀態的句子，一定要依據說話者的性別做適當的陰陽性變化。

範例：男子說：Je suis désolé.（抱歉。）

　　　女子說：Je suis désolée.（抱歉。）

記住一個原則，當您想表達「我是怎樣的人」或「我現在處於什麼狀態」時，通常形容詞必須跟著說話者性別做陰陽性變化；若是表達「我喜歡什麼人、事、物」或「我做什麼動作」時，說話者的性別不影響句子裡形容詞或名詞的陰陽性。

Enchanté !(1)

幸會！（1）

Marc : Bonjour, Mademoiselle ! Je suis Marc.
[bɔ̃ʒu:r] [madmwazɛl] [ʒə][sɥi][mark]
Comment vous appelez-vous ?
[kɔmɑ̃] [vuz] [apəle-vu]
馬可 ： 日安，小姐！我是馬可。
您叫什麼名字呢？

Nicole : Bonjour, je m'appelle Nicole.
[bɔ̃ʒu:r] [ʒə] [m'apɛl] [nikɔl]
換個詞說說看1
Je vous présente ma petite sœur, Annie.
[ʒə] [vu] [prezɑ̃t] [ma] [pətit] [sœ:r] [ani]
妮可 ： 日安，我叫妮可。
讓我向您介紹我妹妹，安妮。

Annie : Enchantée !
[ɑ̃ʃɑ̃te]
安妮 ： 幸會！

Marc : Enchanté ! Vous êtes françaises ?
[ɑ̃ʃɑ̃te] [vuz] [ɛt] [frɑ̃sɛ:z]
馬可 ： 幸會！妳們是法國人嗎？

Nicole ： Non, nous sommes canadiennes, et vous ?
[nɔ̃] [nu] [sɔm] [kanadjɛn] [e] [vu]
妮可 ： 不是，我們是加拿大人，那您呢？

Marc ： **Moi, je suis belge.** 換個詞說說看2
法文小教學2 [mwa][ʒə][sɥi][bɛlʒ]
馬可 ： 我喔，我是比利時人。

❶ Je vous présente ma petite sœur, Annie.

讓我向您介紹我的妹妹，安妮。

mon grand frère [mɔ̃] [grɑ̃] [frɛ:r] 我的哥哥	mes parents [me][parɑ̃] 我的父母
mes amis [mez] [ami] 我的朋友們	mon petit frère [mɔ̃] [pəti] [frɛ:r] 我的弟弟
mes grands-parents [me][grɑ̃parɑ̃] 我的祖父母 / 外祖父母	mon patron [mɔ̃] [patrɔ̃] 我的老闆

★Jour 4的P.104「職業」和P.107「家庭成員」有更多相關單字！

小叮嚀！

記得形容詞和代名詞的陰陽性要跟著名詞的陰陽性做變化唷！

② Je suis belge.

我是比利時人。

français [frɑ̃sɛ] 法國人（男）	française [frɑ̃sɛ:z] 法國人（女）
italien [italjɛ̃] 義大利人（男）	italienne [italjɛn] 義大利人（女）
allemand [almɑ̃] 德國人（男）	allemande [almɑ̃:d] 德國人（女）

★Jour 4的P.101「國籍」有更多各國國籍的單字！

小叮嚀！

男生和女生的單字有些不同，在發音和拼寫上要多留意喔！法文中，國籍開頭第一個字母不需要大寫。

1. 在法文裡面，動詞必須配合主詞變化。基本上，主詞分為六種：

je [ʒə] 我	nous [nu] 我們
tu [ty] 你	vous [vu] 您 / 你們
il / elle [il] / [ɛl] 他 / 她	ils / elles [il] / [ɛl] 他們 / 她們

★動詞變化的表格，請依照「我、你、他 / 她、我們、您 / 你們、他們 / 她們」這個順序來做練習。

小叮嚀！

「vous」也可以當作「您」或「你們」來使用。如果是剛認識的朋友、長輩或是比較尊敬的講法，這時候就用「vous」；如果是熟識的朋友、平輩或是晚輩，就可以用「tu」。

2.「moi」（我）的用法：

簡單來說，「moi」是受格，在用法上有點類似英文的「me」，請參考以下句子：

英文：Do you like roses？
法文：Est-ce que vous aimez les roses？
中文：您喜歡玫瑰花嗎？

英文：**Me**？Yes, I do.
法文：**Moi**？Oui, je les aime.
中文：我喔？是的，我喜歡。

在「Moi, je suis belge.」句子中，「moi」可加可不加，但是根據說話內容而加上「moi」，不僅顯得生動，與法國人聊天時也才不會被認為是在唸課文喔！

生活會話 02

Enchanté !(2)

幸會！（2）

Marc : J'ai vingt-cinq ans, et vous ?

換個詞說說看1

[ʒ'ɛ] [vɛ̃tsɛ̃:k] [ɑ̃] [e] [vu]

Quel âge avez-vous ?

[kɛl] [ɑ:ʒ] [ave-vu]

馬可 ： 我25歲，您呢？

您幾歲？

法文小教學

Nicole : J'ai vingt-trois. Peut-on se tutoyer ?

[ʒ'ɛ] [vɛ̃ttrwa] [pøt-ɔ̃] [sə] [tytwaje]

妮可 ： 我23歲。我們能用「tu」來相稱嗎？

Marc : Oui, bien sûr !

[wi] [bjɛ̃] [sy:r]

Qu'est-ce que tu fais dans la vie ?

[k'ɛ-s] [kə] [ty] [fɛ] [dɑ̃] [lɑ] [vi]

馬可 ： 好哇，當然！

妳是做什麼職業的啊？

Nicole : Je suis journaliste, et toi ?

換個詞說說看2

[ʒə] [sɥi] [ʒurnalist] [e] [twa]

妮可 ： 我是記者，你呢？

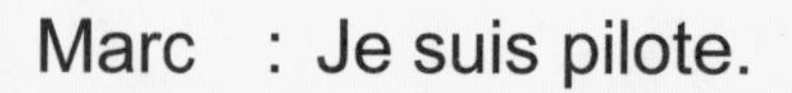

Marc : Je suis pilote.
[ʒə] [sɥi] [pilɔt]
馬可 : 我是飛行員。

❶ J'ai **vingt-cinq** ans.

我25歲。

dix-huit [dizɥit] 18	vingt et un [vɛ̃t] [e] [œ̃] 21	trente-six [trɑ̃:tsis] 36

小叮嚀！

法文有些數字的講法比較複雜，趕快翻到Jour 4的P.95「數字」，多看多練習唷！

❷ Je suis **journaliste**.

我是記者。

étudiant / étudiante [etydjɑ̃] / [etydjɑ̃:t] 學生（男 / 女）	secrértaire [səkretɛ:r] 秘書

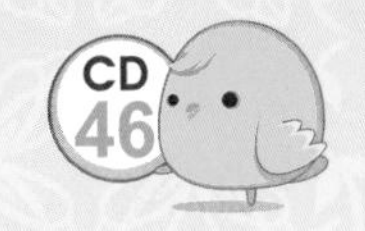

ingénieur / femme ingénieur
[ɛ̃ʒenjœ:r] / [fam] [ɛ̃ʒenjœ:r]
工程師（男 / 女）

★在Jour 4的P.104「職業」裡可以找到更多種不同的職業說法！

小叮嚀！

千萬要記得，男生用陽性的名詞，而女生用陰性的名詞。當遇見母音開頭或啞音「h」開頭的單字時，不要忘記與前面動詞連音唷！

範例：Je suis étudiant.（我是學生。）

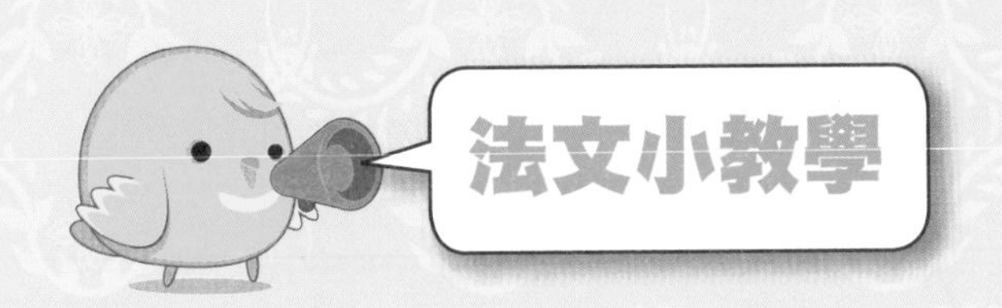

Peut-on se tutoyer ?

我們能用「tu」來相稱嗎？

法國人相當重視禮貌唷！所以當和對方還不熟悉時，都是以「vous」（您）來稱呼對方。如果和對方相談甚歡、比較熟絡之後，可以問對方這句話，以示對對方的尊重。當然，如果對方同意了，您就可以用「tu」來稱呼對方，但也要記得動詞要跟著主詞做變化唷！

「**être**」（是）的動詞變化：
[ɛtr]

je suis [ʒə] [sɥi] 我是	nous sommes [nu] [sɔm] 我們是
tu es [ty] [ɛ] 你是	vous êtes [vuz] [ɛt] 您是 / 你們是
il / elle est [il / ɛl] [ɛ] 他是 / 她是	ils / elles sont [il / ɛl] [sɔ̃] 他們是 / 她們是

小叮嚀！

動詞「être」使用頻率相當高，跟著CD多唸幾次，記下來！

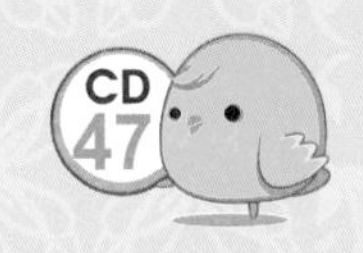

Je voudrais te connaître davantage !(1)

我還想多認識你一些！（1）

Marc : Où habites-tu ?

[u] [abit-ty]

馬可 ： 妳住哪裡？

Nicole : À Paris, et toi ?

[a] [pari] [e] [twa]

妮可 ： 住巴黎，你呢？

Marc : **J'habite à Genève.** 換個詞說說看1

[ʒ'abit] [a] [ʒənɛv]

馬可 ： 我住在日內瓦。

Nicole : Tiens, **voici mon numéro de téléphone, 09 12 34 56 78.** 換個詞說說看2

[tjɛ̃] [vwasi] [mɔ̃] [nymero] [də] [telefɔn]

Quel est ton numéro ?

[kɛl] [ɛ] [tɔ̃] [nymero]

妮可 ： 喏，這是我的電話號碼，09 12 34 56 78。

你的電話號碼是多少呢？

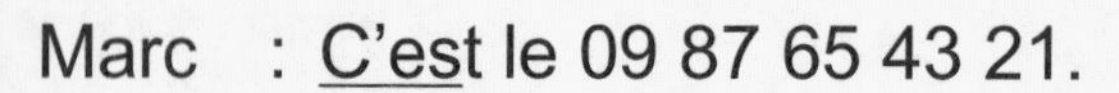

Marc : C'est le 09 87 65 43 21.
[s'ɛ] [lə]
馬可 : 我的電話號碼是09 87 65 43 21。

① J'habite à Genève.

我住在日內瓦。

à Taïpei [a] [taipe] 台北	à Kaohsiong [a] [kaɔsjɔ̃] 高雄
à Hongkong [a] [ɔ̃kɔ̃] 香港	à Shanghai [a] [ʃɑ̃gai] 上海
à Paris [a] [pari] 巴黎	à Londres [a] [lɔ̃dr] 倫敦
à New York [a] [njujɔrk] 紐約	à Rome [a] [rɔm] 羅馬

★「à」後面接的都是城市名，找找看您住的城市在哪裡，多練習說說看囉！

② Voici mon numéro de téléphone, 09 12 34 56 78.

這是我的電話號碼，09 12 34 56 78。

法國人在唸電話號碼時，是以兩位數為一個單位，例如：「12」為「十二」、「34」為「三十四」，以此類推。如果兩位數字遇到以「0」為開頭，則先唸「zéro」（零）再唸第二位數字。

範例：09 12 34 56 78

09 – zéro neuf

12 – douze

34 – trente-quatre

56 – cinquante-six

78 – soixante-dix-huit

09 87 65 43 21

09 – zéro neuf

87 – quatre-vingt-sept

65 – soixante-cinq

43 – quarante-trois

21 – vingt et un

★趕快翻到Jour 4的P.95「數字」，拿出自己的電話號碼做練習，法文的數字唸法比較複雜，需要勤加練習，加油！

法文的所有格：

法文中的所有格分為六種，所有格必須跟隨著後面的名詞做陰陽性和單複數的變化。秘訣在於：把握住所有格後面名詞的詞性和單複數，就不會搞糊塗囉！

範例：我的爸爸 mon père　　我們的汽車 notre voiture
　　　你的媽媽 ta mère　　你們的小孩們 vos enfants
　　　他的雙親 tes parents　　他們的陽台 leur balcon

詞性／所有格	單數（陽性 / 陰性）	複數	詞性／所有格	單數	複數
我的	mon / ma [mɔ̃] / [ma]	mes [me]	我們的	notre [nɔtr]	nos [no]
你的	ton / ta [tɔ̃] / [ta]	tes [te]	您的 你們的	votre [vɔtr]	vos [vo]
他的 她的	son / sa [sɔ̃] / [sa]	ses [se]	他們的 她們的	leur [lœ:r]	leurs [lœ:r]

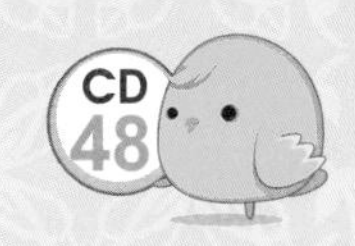

Je voudrais te connaître davantage !(2)

我還想多認識你一些！（2）

Marc : Est-ce que tu aimes la musique ?
[ɛ-s] [kə] [ty] [ɛm] [lɑ] [muzik]
馬可 : 妳喜歡音樂嗎？

換個詞說說看1

Nicole : **Oui, j'aime le jazz et le cinéma.** Et toi ?
[wi] [ʒ'ɛm] [lə] [dʒa:z] [e] [lə] [sinema] [e] [twa]
妮可 : 嗯，我喜歡爵士樂還有電影。那你呢？

動詞變化

Marc : Le cinéma ? Très bien ! **J'adore** le cinéma !
[lə] [sinema] [trɛ] [bjɛ̃] [ʒ'adɔr] [lə] [sinema]
J'aime aussi chanter.
[ʒ'ɛm] [osi] [ʃɑ̃te]
馬可 : 電影？太好了！我挺喜歡電影的！
我還喜歡唱歌。

換個詞說說看2

Nicole : Je n'aime pas chanter. **Je préfère danser.**
[ʒə] [n'ɛm] [pɑ] [ʃɑ̃te] [ʒə] [prefɛr] [dɑ̃se]
妮可 : 我不喜歡唱歌。我比較喜歡跳舞。

Marc : Tu aimes le sport ?
[ty] [ɛm] [lə] [spɔ:r]
馬可 : 那妳喜歡運動嗎？

動詞變化

Nicole : Oui, j'aime le sport, mais je déteste nager.
[wi] [ʒ'ɛm] [lə] [spɔ:r] [mɛ] [ʒə] [detɛst] [naʒe]
妮可 : 嗯，我喜歡運動，但是我討厭游泳。

「aimer」[ɛme]（愛；喜歡）這個動詞後面可以直接接名詞或是動詞，來表達自己喜愛的事物。同類型的動詞還有「adorer」[adɔre]（熱愛）、「préférer」[prefere]（更喜歡）、「détester」[detɛste]（討厭）：

❶ **aimer、adorer、préférer、détester + 名詞：**

Oui, j'aime le jazz et le cinéma.
嗯，我喜歡爵士樂還有電影。

mes parents [me] [parɑ̃] 我的父母	le violet [lə] [vjɔlɛ] 紫色

le champagne [lə] [ʃɑ̃paɲ] 香檳	l'été [l'ete] 夏天
la mer [lɑ] [mɛ:r] 大海	la voiture de sport [lɑ] [vwaty:r] [də] [spɔ:r] 跑車

★趕快翻到Jour 4、5單元，找出喜歡的事物套進句子裡練習看看！遇到法國人的時候，就會有更多內容可以和對方聊囉！

❷ aimer、adorer、préférer、détester + 動詞：

Je préfère danser.

我比較喜歡跳舞。

chanter [ʃɑ̃te] 唱歌	dessiner [desine] 素描
regarder la télé [rəgarde] [lɑ] [tele] 看電視	voyager [vwajaʒe] 旅行
surfer [sœrfe] 衝浪	faire une promenade [fɛ:r] [yn] [prɔmnad] 散步

cuisiner
[kɥizine]
烹飪

faire du shopping
[fɛ:r] [dy] [ʃɔpiŋ]
逛街

écouter de la musique
[ekute] [də] [lɑ] [myzik]
聽音樂

「**aimer**」（愛；喜歡）的動詞變化：
[ɛme]

j'aime
[ʒ'ɛm]
我喜歡

nous aimons
[nuz] [ɛmɔ̃]
我們喜歡

tu aimes
[ty] [ɛm]
你喜歡

vous aimez
[vuz] [ɛme]
您喜歡 / 你們喜歡

il / elle aime
[il / ɛl] [ɛm]
他喜歡 / 她喜歡

ils / elles aiment
[ilz / ɛlz] [ɛm]
他們喜歡 / 她們喜歡

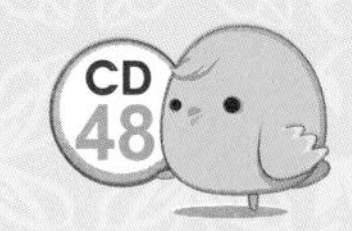

★大部分「er」結尾的動詞都屬於第一組動詞，有固定的動詞變化。只要將結尾「er」去掉，然後依照各人稱分別加上「-e、-es、-e、-ons、-ez、-ent」，動詞變化就完成了！用「藍字」標示出來的部分，就是第一組動詞中，各人稱固定的字尾變化，多練習幾次，以後遇到第一組動詞，就能得心應手囉！

小叮嚀！

母音開頭或啞音「h」開頭的單字，千萬不能忽略連音部分唷！

Jour 6

生活會話05

Un coup de téléphone...

電話來了……

Marc　: Allô !
[alo]
馬可　：喂！

Nicole : Allô, qui est à l'appareil ?
[alo] [ki] [εt] [a] [l'aparεj]
妮可　：喂，是哪位？

換個詞說說看1

Marc　: Salut, Nicole, **c'est Marc.**
[saly] [nikɔl] [s'ε] [mark]
Est-ce que tu es libre ?
[ε-s] [kə] [ty] [ε] [libr]
馬可　：妳好，妮可，我是馬可。
妳現在有空嗎？

換個詞說說看2

Nicole : Désolée, **je suis occupée** maintenant.
[dezɔle] [ʒə] [sɥiz] [ɔkype] [mε̃tnɑ̃]
妮可　：很抱歉，我現在在忙。

Marc : Ce n'est pas grave. Je t'appelle plus tard.
[sə] [n'ɛ] [pɑ] [gra:v] [ʒə] [t'apɛl] [ply] [ta:r]
馬可 : 沒關係。我晚點再打給妳。

Nicole : D'accord. Merci, Marc, et bonne journée.
[d'akɔ:r] [mɛrsi][mark][e][bɔn] [ʒurne]
妮可 : 好的。謝謝囉，馬可，祝你有個美好的一天。

換個詞說說看

❶ C'est Marc.

我是（這是）馬可。

ma voiture [ma] [vwaty:r] 我的汽車	le printemps [lə] [prɛ̃tɑ̃] 春天
un chat noir [œ̃] [ʃa] [nwa:r] 一隻黑貓	jeudi [ʒødi] 星期四
le père de Marc [lə] [pɛ:r] [də] [mark] 馬可的爸爸	une bonne idée [yn] [bɔn] [ide] 一個好主意

Jour 6

★「c'est + 名詞」是個很實用的句型，「c'est」其實是「ce」和「est」的縮寫，有「這是……」的意思。在和外國朋友聊天的時候，這句型超好用的唷！

② Je suis **occupée.**

我在忙。

occupé / occupée [ɔkype] / [ɔkype] 忙碌的（男 / 女）	libre [libr] 空閒的
malade [malad] 生病的	fatigué / fatiguée [fatige] / [fatige] 疲累的（男 / 女）
désolé / désolée [dezɔle] / [dezɔle] 感到抱歉的（男 / 女）	embarrassé / embarrassée [ɑ̃barase] / [ɑ̃barase] 為難的（男 / 女）

★「主詞 + être + 形容詞」這個句型常用來表達人的狀態，表格中列出相關的幾個形容詞，不妨試著練習用看看。

小叮嚀！

千萬別忘了動詞「être」和形容詞的詞性和單複數，一定要隨主詞的詞性和單複數做變化唷！

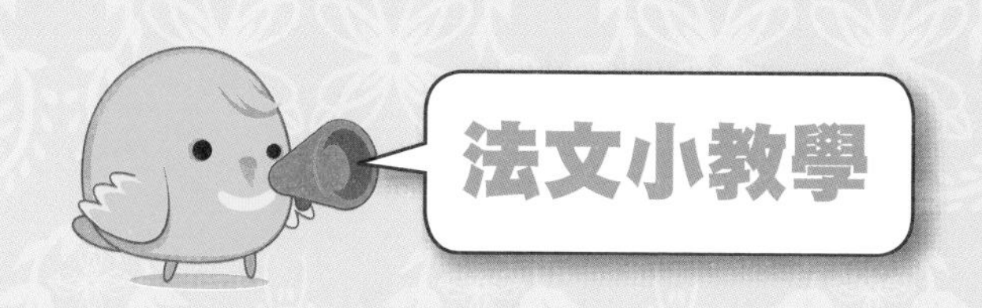

ne + 動詞 + pas

不……

除了會用簡單句子表達自己的狀態和意見以外，當然也要學著使用否定句型！別緊張，否定的句型一點也不困難，只要將動詞放入「ne...pas」之間就大功告成啦！當然還是要注意，如果遇到以母音或啞音「h」字母開頭的動詞，記得要和「ne」縮寫在一塊！

範例：

1. Je suis français. 我是法國人。
   Je ne suis pas français. 我不是法國人。
2. Il aime chanter. 他愛唱歌。
   Il n'aime pas chanter. 他不愛唱歌。

生活會話 06

Trouver un endroit pour se balader !

找個地方逛逛！

Marc　: Bonjour !
[bɔ̃ʒu:r]
馬可　：日安！

Nicole : Bonjour !
[bɔ̃ʒu:r]
妮可　：日安！

換個詞說說看2

Marc　: **Il fait beau** aujourd'hui, **je voudrais aller à la**
換個詞說說看1
[il] [fɛ] [bo] [oʒurdɥi] [ʒə] [vudrɛz] [ale] [a] [lɑ]
Tour Eiffel. Et toi ?
[tu:r][ɛfɛl]　[e][twa]
馬可　：今天天氣好好，我想去艾菲爾鐵塔。妳呢？

Nicole : La Tour Eiffel ? Génial !
[lɑ] [tu:r] [ɛfɛl]　[ʒenjal]
Est-ce que je peux t'accompagner ?
[ɛ-s]　[kə] [ʒə] [pø] [t'akɔ̃paɲe]
妮可　：艾菲爾鐵塔？好棒！
我能和你去嗎？

Marc : Bien sûr !

[bjɛ̃] [sy:r]

換個詞說說看3

On prend le métro ou on y va à pied ?

[ɔ̃] [prɑ̃] [lə] [metro] [u] [ɔ̃n] [i] [va] [a] [pje]

馬可 ： 那當然！

我們搭地鐵還是走路呢？

Nicole : À pied, c'est plus sympa.

[a] [pje] [s'ɛ] [ply] [sɛ̃pa]

妮可 ： 走路好了，比較愜意。

❶ Il fait beau.

天氣好好。

chaud [ʃo] 天氣好熱	jour [ʒu:r] 天亮了
froid [frwa] 天氣好冷	nuit [nɥi] 天黑了

② Je voudrais aller **à la Tour Eiffel.**

我想去艾菲爾鐵塔。

au cinéma [o] [sinema] 電影院	à la police [a] [lɑ] [pɔlis] 警察局
au musée [o] [myze] 博物館	à l'aéroport [a] [l'aerɔpɔːr] 機場
au café [o] [kafe] 咖啡店	à la pharmacie [a] [lɑ] [farmasi] 藥局

★在Jour 5的P.122「生活場所」，還有更多相關單字可以多加運用喔！

小叮嚀！

介係詞「à」後面如果接著陽性定冠詞「le」，必須要將「à le」改為「au」，文法才正確唷！例如：~~à le~~ cinéma → au cinéma（去電影院）。

③ On prend **le métro.**

我們搭地鐵。

le taxi [lə] [taksi] 計程車	l'autobus [l'ɔtɔbys] 公車	le train [lə] [trɛ̃] 火車

★在Jour 5的P.128「交通運輸」還有其他不同的交通工具說法，試著講講看！

小叮嚀！

這裡不能使用「腳踏車」和「摩托車」唷！

「**aller**」（去；走）的動詞變化：
[ale]

je vais [ʒə] [vɛ] 我去	nous allons [nuz] [alɔ̃] 我們去
tu vas [ty] [va] 你去	vous allez [vuz] [ale] 您去 / 你們去
il / elle va [il / ɛl] [va] 他去 / 她去	ils / elles vont [il / ɛl] [vɔ̃] 他們去 / 她們去

★「aller」為第三組動詞，第三組動詞變化不像第一組動詞和第二組動詞有固定的變化規則，請多背誦幾遍，加深印象！

生活會話 07

On est où là ?

我到底在哪裡啊？

Marc : Excusez-moi, Monsieur.

[ɛkskyze-mwa] [məsjø]

Où est la station de métro, s'il vous plaît ?

換個詞說說看1

[u] [ɛ] [lɑ] [stasjɔ̃] [də] [metro] [s'il] [vu] [plɛ]

馬可 : 不好意思，先生。

請問捷運站在哪裡？

Le passant : **Vous allez tout droit,**

換個詞說說看2

[vuz] [ale] [tu] [drwa]

et puis vous tournez à gauche.

[e][pɥi][vu] [turne] [a][go:ʃ]

路人 : 您直走，然後左轉。

Marc : C'est loin d'ici ?

[s'ɛ] [lwɛ̃] [d'isi]

馬可 : 離這裡很遠嗎？

Le passant : Non, ce n'est pas très loin.

[nɔ̃] [sə] [n'ɛ] [pɑ] [trɛ] [lwɛ̃]

路人 : 不會，不會太遠。

Marc	:	Merci beaucoup ! [mεrsi] [boku]
馬可	:	非常感謝！

Le passant	:	Je vous en prie. [ʒə] [vuz] [ɑ̃] [pri]
路人	:	不用客氣。

換個詞說說看

❶ Où est **la station de métro**, s'il vous plaît ?

請問捷運站在哪裡？

la gare [lɑ] [ga:r] 火車站	la police [lɑ] [pɔlis] 警察局
la banque [lɑ] [bɑ̃:k] 銀行	la pharmacie [lɑ] [farmasi] 藥局
le musée [lə] [myze] 博物館	l'église [l'egli:z] 教堂

★想去哪裡晃晃、想到哪裡買東西，記好這個句型，超實用！更多平常會想去的場所都在Jour 5的P.122「生活場所」裡，趕快翻開來練習吧！

② Vous allez tout droit, et puis vous tournez à gauche.

您直走，然後左轉。

走路或問路時，幾個簡單又實用的片語和句子：

1. aller tout droit
   [ale] [tu] [drwa]
   直走

2. tourner à droite
   [turne] [a] [drwat]
   右轉

3. tourner à gauche
   [turne] [a] [go:ʃ]
   左轉

4. C'est à gauche.
   [s'ɛt] [a] [go:ʃ]
   在左邊。

5. C'est à droite.
   [s'ɛt] [a] [drwat]
   在右邊。

6. C'est en face.
   [s'ɛt] [ɑ̃] [fas]
   在對面。

小叮嚀！

別忘了動詞變化要和主詞一致唷！

請、兜瞎（台：多謝）、對唔住（粵：對不起）

出門在外，無論是去到哪個國家，只要記住基本的禮貌，不但能減少麻煩事，幸運一點或許還會得到不少幫助，即使語言不太通，也能走透透喔！這裡提供幾句有禮貌又實用的句子給您，快來練習吧！

1. Excusez-moi.
   [ɛkskyze-mwa]
   不好意思。

2. Je suis désolé / désolée.
   [ʒə] [sɥi] [dezɔle] / [dezɔle]
   我很抱歉。（男 / 女）

3. S'il vous plaît.
   [s'il] [vu] [plɛ]
   請；麻煩您。

4. Merci.
   [mɛrsi]
   謝謝。

5. Merci beaucoup !
   [mɛrsi] [boku]
   非常感謝！

Jour 7

Qu'est-ce qu'on prend ?

吃點什麼好呢?

Nicole : Monsieur, s'il vous plaît.
[məsjø] [s'il] [vu] [plɛ]
妮可 : 先生，麻煩您。

Le serveur : Oui, j'arrive ! Bonjour, Madame et Monsieur.
[wi] [ʒ'ariv] [bɔ̃ʒu:r] [madam] [e] [məsjø]
Qu'est-ce que vous prenez ?
[k'ɛ-s] [kə] [vu] [prəne]
男服務生 : 是的，我來了！日安，女士和先生。
你們想來點什麼呢？

換個詞說說看1

Nicole : Bonjour. **Je prends le plat du jour.**
[bɔ̃ʒu:r] [ʒə] [prɑ̃] [lə] [pla] [dy] [ʒu:r]
妮可 : 日安。我要今日特餐。

Le serveur : Et vous, Monsieur ?
[e] [vu] [məsjø]
男服務生 : 那您呢，先生？

換個詞說說看2

Marc	:	Bonjour. Je voudrais un steak-frites.
		[bɔ̃ʒu:r] [ʒə] [vudrɛ] [œ̃] [stɛk-frit]
馬可	：	日安。我想要牛排和薯條。

Le serveur	:	Très bien, tout de suite !
		[trɛ] [bjɛ̃] [tu] [də] [sɥit]
男服務生	：	好的，馬上來！

❶ **Je prends le plat du jour.**

我要今日特餐。

une salade du chef [yn] [salad] [dy] [ʃɛf] 主廚沙拉	un poulet [œ̃] [pulɛ] 雞
une salade de fruits [yn] [salad] [də] [frɥi] 水果沙拉	un poisson [œ̃] [pwasɔ̃] 魚
une quiche [yn] [kiʃ] 鹹派	un gigot d'agneau [œ̃] [ʒigo] [d'aɲo] 羔羊腿

② Je voudrais **un steak-frites.**

我想要牛排和薯條。

un thé [œ̃] [te] 茶	une glace à la vanille [yn] [glas] [a] [lɑ] [vanij] 香草冰淇淋
un café [œ̃] [kafe] 咖啡	un gâteau au chocolat [œ̃] [gɑto] [o] [ʃɔkɔla] 巧克力蛋糕
une bière [yn] [bjɛ:r] 啤酒	une tarte aux pommes [yn] [tart] [o] [pɔm] 蘋果塔
un jus d'orange [œ̃] [ʒy] [d'ɔrɑ̃:ʒ] 柳橙汁	une crème caramel [yn] [krɛm] [karamɛl] 焦糖布丁

★「je prends...」（我要點……）和「je voudrais...」（我想要……）都是到餐廳點餐時會派上用場的實用句型，有什麼美食是您特別喜愛的呢？趕快套進句子裡面練習說說看吧！

「**vouloir**」（想要；希望）的動詞變化：
[vulwa:r]

je veux [ʒə] [vø] 我想要	nous voulons [nu] [vulɔ̃] 我們想要
tu veux [ty] [vø] 你想要	vous voulez [vu] [vule] 您想要 / 你們想要
il / elle veut [il / ɛl] [vø] 他想要 / 她想要	ils / elles veulent [il / ɛl] [vœl] 他們想要 / 她們想要

★「vouloir」為第三組動詞，沒有固定的變化規則，多多練習使用就不會忘記囉！

Jour 7

Faire ses courses !

購物去！

Le serveur : Bonjour, Madame.
[bɔ̃ʒu:r] [madam]
Est-ce que je pourrais vous aider ?
[ɛ-s] [kə] [ʒə] [purɛ][vuz] [ɛde]
男服務生 ： 日安，女士。
我可以為您服務嗎？

換個詞說說看1

Nicole : Bonjour, **je cherche un portefeuille.**
[bɔ̃ʒu:r] [ʒə] [ʃɛrʃ] [œ̃] [pɔrtəfœj]
妮可 ： 日安，我想找個皮夾。

Le serveur : De quelle couleur ?
[də] [kɛl] [kulœ:r]
男服務生 ： 您喜歡什麼顏色呢？

Nicole : De préférence, le blanc, s'il vous plaît.
[də] [preferɑ̃:s][lə][blɑ̃] [s'il][vu] [plɛ]
妮可 ： 我比較喜歡白色，麻煩您。

Le serveur : Le voilà en blanc. Il vous plaît ?
[lə] [vwala] [ɑ̃] [blɑ̃] [il] [vu] [plɛ]
男服務生 ： 這是白色的。喜歡嗎？

換個詞說說看2

Nicole : Oui ! Il est très joli ! Ça coûte combien ?
[wi] [il] [ɛ] [trɛ] [ʒɔli] [sa] [kut] [kɔ̃bjɛ̃]
妮可 : 喜歡！它真漂亮！這多少錢？

Le serveur : Deux cents euros.
[dø] [sɑ̃z] [ørɔ]
男服務生 : 200歐元。

Nicole : Bon, d'accord. Je vais réfléchir. Merci.
[bɔ̃] [d'akɔ:r] [ʒə] [vɛ] [refleʃi:r] [mɛrsi]
妮可 : 好，了解了。我考慮看看。謝謝。

❶ Je cherche un portefeuille.

我想找個皮夾。

une montre [yn] [mɔ̃:tr] 手錶	un téléphone mobile [œ̃] [telefɔn] [mɔbil] 手機
un sac à main [œ̃] [sak] [a] [mɛ̃] 女用手提包	une crème solaire [yn] [krɛm] [sɔlɛ:r] 防曬乳

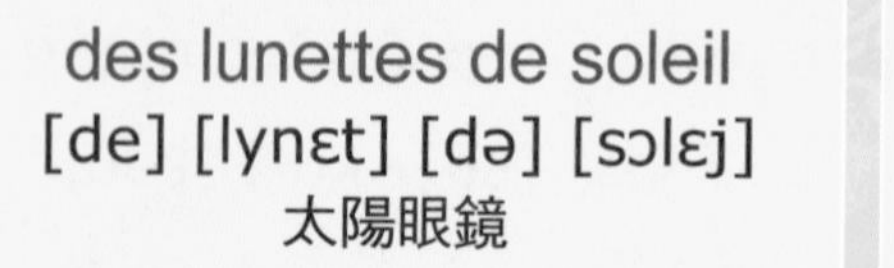

des lunettes de soleil
[de] [lynɛt] [də] [sɔlɛj]
太陽眼鏡

un ordinateur portable
[œ̃n] [ɔrdinatœ:r] [pɔrtabl]
筆記型電腦

★在Jour 5的P.116「生活用品」裡，有更多平常需要買的東西，趕快練習說看看！

② Il est très **joli** !

它真漂亮！

joli / jolie [ʒɔli] / [ʒɔli] 漂亮（陽 / 陰）	chic [ʃik] 時髦
beau / belle [bo] / [bɛl] 好看（陽 / 陰）	moche [mɔʃ] 難看
cher / chère [ʃɛ:r] / [ʃɛ:r] 昂貴（陽 / 陰）	bon marché [bɔ̃marʃe] 便宜

小叮嚀！

千萬要注意詞性！當您形容的物品為陽性名詞時，要以「il」作代名詞，後面的形容詞必須是陽性；如果物品為陰性名詞，要以「elle」作代名詞，後面的形容詞必須為陰性。多多練習，加深印象！

「c’est + 形容詞」 的用法：

這組句型常常用作情緒的表達，文法簡單，而且能使您和朋友之間的對話更加生動喔！下面列出幾句比較常用的例句，不妨試著用看看。

1. C’est beau !
   [s’ɛ] [bo]
   真好看；真漂亮！

2. Ce n’est pas mal !
   [sə] [n’ɛ] [pɑ] [mal]
   還不錯！

3. C’est incroyable !
   [s’ɛt] [ɛ̃krwajabl]
   真不可思議！

4. C’est gentil !
   [s’ɛ] [ʒɑ̃ti]
   真貼心！

5. C’est horrible !
   [s’ɛt] [ɔribl]
   真可怕；真糟糕！

6. C’est bizarre...
   [s’ɛ] [biza:r]
   真奇怪……

生活會話 10

Je ne suis pas bien...

我有點不舒服……

Marc ： Bonjour !
[bɔ̃ʒu:r]
馬可 ： 日安！

Nicole ： Bonjour.
[bɔ̃ʒu:r]
妮可 ： 日安。

Marc ： Ça va ? **Tu as l'air fatiguée.** 換個詞說說看1
[sa] [va] [ty] [a] [l'ɛ:r] [fatige]
馬可 ： 還好嗎？妳看起來很累。

Nicole ： Ça va mal. Je ne me sens pas bien.
[sa] [va] [mal] [ʒə] [nə] [mə] [sɑ̃] [pɑ] [bjɛ̃]
J'ai mal au cœur. 換個詞說說看2
[ʒ'ɛ] [mal] [o] [kœ:r]
妮可 ： 不太好。我感覺不太舒服。
我覺得噁心想吐。

Marc : Carrément pas bien !

[karemɑ̃] [pɑ][bjɛ̃]

Je t'amène tout de suite chez le médecin.

[ʒə] [t'amɛn] [tu] [də] [sɥit] [ʃe] [lə] [medəsɛ̃]

馬可 : 的確不太好！

我馬上帶妳去看醫生。

Nicole : Tu es très gentil ! Merci.

[ty] [ɛ] [trɛ] [ʒɑ̃ti][mɛrsi]

妮可 : 你真好！謝謝。

換個詞說說看

❶ Tu as l'air fatiguée.

妳看起來很累。

fatigué / fatiguée [fatige] / [fatige] 疲累的（男／女）	sérieux / sérieuse [serjø] / [serjø:z] 嚴肅的（男／女）
froid / froide [frwa] / [frwad] 冷漠的（男／女）	angoissé / angoissée [ɑ̃gwase] / [ɑ̃gwase] 焦慮不安的（男／女）

ennuyé / ennuyée [ɑ̃nɥije] / [ɑ̃nɥije] 感到無聊的（男 / 女）	étonné / étonnée [etɔne] / [etɔne] 吃驚的；驚訝的（男 / 女）
content / contente [kɔ̃tɑ̃] / [kɔ̃tɑ̃:t] 開心的；滿足的（男 / 女）	douloureux / douloureuse [dulurø] / [dulurø:z] 痛苦的（男 / 女）

小叮嚀！

「avoir l'air + 形容詞」這組片語有「看起來是；好像；似乎」的意思。特別要注意的是，形容詞要隨著主詞做陰陽性和單複數的變化唷！

② J'ai mal au cœur.

我覺得噁心想吐。

à la tête [a] [lɑ] [tɛt] 頭痛	à la main [a] [lɑ] [mɛ̃] 手痛
au ventre [o] [vɑ̃:tr] 肚子痛	aux jambes [o] [ʒɑ̃:b] 腿痛
aux reins [o] [rɛ̃] 腰痛	au dos [o] [do] 背痛

★平常刷牙洗臉或是在替身體做保養時，可以趁機練習身體各部位的講法唷！趕快翻到Jour 5的P.131「身體部位」，做個練習吧！

小叮嚀！

「avoir mal à + 身體部位」這組片語超實用！要注意的是，當遇到陽性名詞時，別忘了要將「à le」改為「au」唷！而介係詞「à」後面接複數定冠詞「les」的時候，要將「à les」改成「aux」！

「**avoir**」（有）的動詞變化：
[avwa:r]

j'ai [ʒ'ɛ] 我有	nous avons [nuz] [avɔ̃] 我們有
tu as [ty] [a] 你有	vous avez [vuz] [ave] 您有 / 你們有
il /elle a [il /ɛl] [a] 他有 / 她有	ils / elles ont [ilz / ɛlz] [ɔ̃] 他們有 / 她們有

★「avoir」為第三組動詞，沒有固定的變化規則，勤加練習就能記住囉！

附錄：Jour4&5解答

實用單字 01 Le temps et la saison（時間與季節）

1.

2.

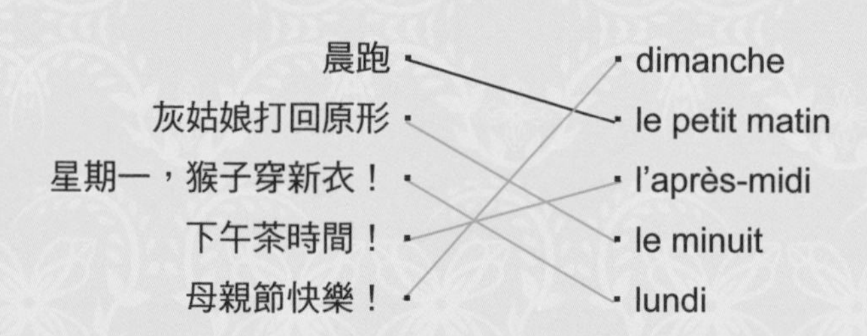

實用單字 02 Les chiffres（數字）

一起來用法語吧！

1.

C	A	X	H	Y	E
I	D	O	U	Z	E
N	Y	D	I	X	P
Q	U	A	T	R	E
J	W	O	U	H	L
O	N	E	U	F	M

（直：cinq、huit）

（橫：douze、dix、quatre、neuf）

2.

- cinquante（50）+ un（1）→ 51 cinquante et un
- trente（30）– deux（2）→ 28 vingt-huit
- cent（100）– un（1）→ 99 quatre-vingt-dix-neuf
- quarante（40）– cinq（5）→ 35 trente-cinq
- soixante-dix（70）+ sept（7）→ 77 soixante-dix-sept

03 La nationalité（國籍）

1.

04 La profession（職業）

1.

cuisinier → cuisinière

étudiant → étudiante

serveur → serveuse

secrétaire → secrétaire

ingénieur → femme ingénieur

La famille（家庭成員）

1.

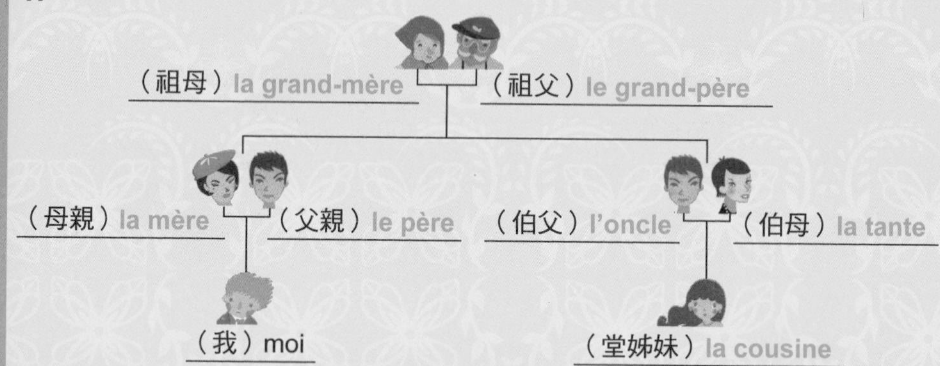

實用單字

06 La couleur（顏色）

一起來用法語吧！

1.

07 Le logement（住所）

1.

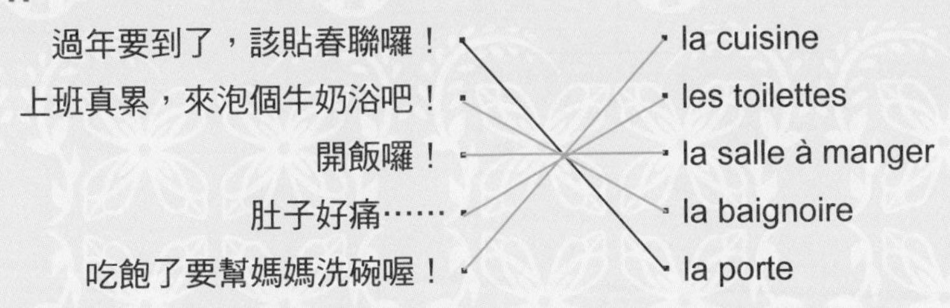

08 Les objets du quotidien（生活用品）

1.

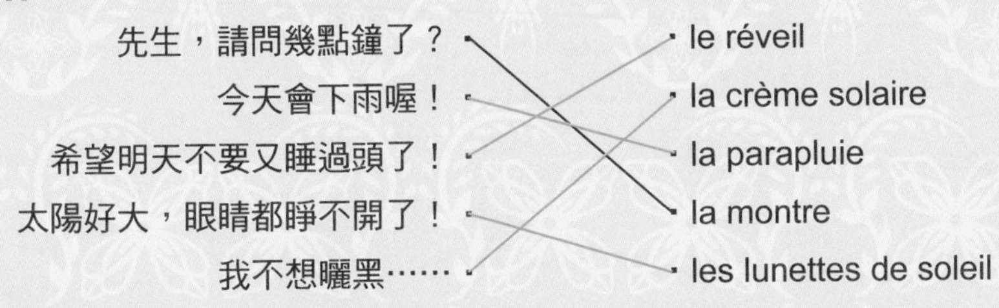

2.

拆包裹 → les ciseaux

梳頭髮 → le peigne

擦身體 → la serviette

洗臉 → la crème nettoyante

吹頭髮 → le séchoir à cheveux

實用單字 09 L'environnement（生活場所）

1.

游泳教練 → la piscine
藥劑師 → la pharmacie
護士 → l'hôpital
郵差 → la poste
校長 → l'école

2.

今天下雨，那我們改去看電影吧！	le jardin zoologique
我想買《信不信由你 一週開口說法語》！	le cinéma
這週末我們全家要去看團團圓圓！	le musée
我想去巴黎，需要旅遊規劃一下。	la librairie
我想去看古文物展。	l'agence de voyages

實用單字 10 Le transport（交通運輸）

1.

警察 → la voiture de police
消防員 → le camion de pompier
船長 → le bateau
機長 → l'avion
公車司機 → l'autobus

實用單字 11 Le corps（身體部位）

12 La gastronomie（飲食）

實用單字

一起來用法語吧！

1.

O	A	I	P	S	K	Y	E	T	K
Z	R	M	M	Q	U	I	C	H	E
I	P	K	A	W	T	F	O	R	A
S	P	I	A	C	T	P	K	O	D
P	U	P	O	T	A	G	E	Q	S
L	K	E	R	O	X	R	I	T	T
T	R	U	F	F	E	Y	O	A	H
Q	C	H	A	M	P	A	G	N	E
O	E	C	I	I	O	L	Z	Z	L
I	Q	D	H	A	W	R	A	T	F

（橫：quiche、potage、truffe、champagne）

（斜：macaron）

國家圖書館出版品預行編目資料

信不信由你 一週開口說法語 全新修訂版 / 陳媛著

--修訂初版--臺北市：瑞蘭國際,2015.03

200面；17 x 23公分 --（繽紛外語系列；45）

ISBN：978-986-5639-19-8（平裝附光碟片）

1.法語 2.字母 3.發音

804.51 104003700

繽紛外語系列 45

作者｜陳媛．審訂｜蘇哲安（Jon D. Solomon）

責任編輯｜葉仲芸、王愿琦．校對｜陳媛、葉仲芸、王愿琦

法文錄音｜Yannick Cariot、Mathilde．錄音室｜純粹錄音後製有限公司

封面設計｜余佳憓．版型設計、內文排版｜張芝瑜．美術插畫｜迪普西

印務｜王彥萍

董事長｜張暖彗．社長兼總編輯｜王愿琦．主編｜王彥萍．主編｜葉仲芸

編輯｜潘治婷．編輯｜紀珊．設計部主任｜余佳憓

業務部副理｜楊米琪．業務部專員｜林湲洵．業務部助理｜張毓庭

出版社｜瑞蘭國際有限公司．地址｜台北市大安區安和路一段104號7樓之1

電話｜(02)2700-4625．傳真｜(02)2700-4622．訂購專線｜(02)2700-4625

劃撥帳號｜19914152 瑞蘭國際有限公司．瑞蘭網路書城｜www.genki-japan.com.tw

總經銷｜聯合發行股份有限公司．電話｜(02)2917-8022、2917-8042

傳真｜(02)2915-6275、2915-7212．印刷｜宗祐印刷有限公司

出版日期｜2015年3月初版1刷．定價｜320元．ISBN｜978-986-5639-19-8

瑞蘭國際

瑞蘭國際

瑞蘭國際

瑞蘭國際